GOBOOKS
& SITAK
GROUP©

GOBOOKS
& SITAK
GROUP©

三日月書版

三日月書版

家政夫是
名偵探！
1
楠谷佑
LN007
三日月書版

目錄

第一章　死者寄出的簡訊的問題　009
第二章　飄散香氣的罪人的問題　085
第三章　過去與刑警與家政夫的問題　157
後記　249

第一章

死者寄出的簡訊的問題

1

穿著與身邊常保清潔，才能獲得市民信賴。

在警校的住宿生活中被灌輸這句話灌到倒背如流，是每個警察都應具備的經驗。連城怜有自信自己大致都有遵守這個規範，不過，僅限於執行刑警職務期間——

「看起來……不打掃不行了。」

地板上雜誌和報紙堆積如山，從紙堆之間的縫隙可看到布滿灰塵的榻榻米。骯髒的窗簾擋住了陽光，天花板角落甚至結了蜘蛛網。

和室驚人的骯髒光景，讓怜想遮住自己的眼睛。因為不管在外人面前扮演再爽朗的刑警，他就是非常不擅長清掃工作。

只是，這個房間並非怜的日常生活空間。

這間和室是六年前過世的父親的起居室。幾年前怜還偶爾會打掃一下，但當他成為警察開始工作後，異常繁忙的工作讓他再也沒有閒暇時間打掃，最終這裡淪為舊雜誌放置處。

「嗯，動手吧。今天不做不行……」

怜開口鼓舞自己。隨著一個人獨自生活的時間變長，自言自語的機率也逐漸變高。偶爾說完一些沒有意義的話之後，還會陷入一種空虛感。

現在才上午十點，時間相當充裕。

總之，先從整理報紙著手。把報紙一份份摺好，裝進紙袋，晚一點拿去資源回收。怜一邊這樣構想，一邊默默動起手來。然後，過了約莫五分鐘後——

「哦……這個是……」

怜的視線停留在一疊準備丟掉的傳單的最上面一張。那張傳單上寫了這幾個字。

〈家事服務公司 MELODY——清掃、洗衣、煮飯樣樣包！〉

怜拿起傳單仔細看了看。基本費用是一千日圓，服務費則依照清掃、煮飯等等項目的選擇而另外收取。顧客毋須加入會員，規定相當合理。他瞬間被吸引住了。

今天是繁忙的刑警生活裡偶爾才有的非值班日。

坦白講怜很想悠哉地放鬆一下，如果把一整天的時間都花在自己不拿手的打掃工作上，簡直跟苦行沒兩樣。不知是幸或不幸，由於現在的生活讓怜很難花時間去培養興趣，因此經濟上稍微寬裕了些。使用這種家事服務，不正是一種很有意義的金錢用法嗎！

於是乎，等回過神來時，怜已經拿出手機，輸入了印在傳單上的電話號碼了。

打電話委託工作的過程很順利地結束。怜預約的是一個小時後，在那之前，他決定泡個咖啡，待在相對整理得比較乾淨的起居室裡愜意休息一番。

他隨意瀏覽報紙，然後視線停留在縣內前陣子發生的殺人事件相關報導上。由於被害人是知名劇團的團長，因此媒體大幅報導。發生這起事件的音野市距離恩海市並不會很遠，雖然不歸怜所任職的恩海警局管轄，但畢竟是殺人事件，所以相當轟動。

這起事件發生後已經過了一個月了，嫌犯判定是隸屬被害人劇團的一位演員，但據說該人行蹤成謎。現在之所以會上報紙，根據報導所言，乃是因為在本縣邊界的深山裡找到了嫌犯的車。

「懸案……嗎？」

怜閉上眼，想起了過世的父親。

他的父親也是一位警察，而且是一位非常優秀的刑警，沒有通過日本國家公務員Ｉ類考試[1]從基層升上了警部補。然而六年前，恩海市發生了一樁重大凶案，調查過程中父親被凶手刺傷而殉職。而且那名凶手後來逃跑，沒人知道他的名字及長相——

怜之所以成為刑警，理由之一正是對那件懸案的執著心。

電鈴響了。

看完報紙改看電視新聞的怜立刻關上電視走向玄關。土間[2]這塊區域他姑且先稍微打掃過並整理乾淨了。

「來了！」

怜拉開霧掉的拉門，迎接來客。

「您好，不好意思……麻煩您了……」

他才開口打招呼，在看到來者的長相後，表情就僵住了。

1 相當於臺灣公務人員高等考試的三級以上考試。
2 一種日本傳統建築空間，位於玄關與屋內地板之間，地面大多是泥地或三合土鋪地。

那是一位第一眼看到時會讓人留下「是個美人」印象的人。沿著細長眼睛排列的睫毛很纖長，直挺的鼻梁配上略薄的嘴唇，五官如雕刻般端正。落在白皙臉蛋上的頭髮烏黑亮麗，髮絲在後腦杓鬆鬆地綁成一束。來人身上穿著很簡潔的白襯衫配黑褲子，但由於穿搭很有模特兒風範，因而不會覺得死板。

或許是怜注視得太過火，對方一臉詫異地瞇起眼睛，露出些微疑惑。

怜重整心情，再次開口打招呼。對方也輕輕點了點頭後開口說道。

「呃……我是屋主連城，不好意思要麻煩你了。」

「請多指教。」

對方的聲音讓怜吃了一驚。因為那是一道比想像中低了八度音的低沉嗓音——可是又帶著一種魅力與性感。那道嗓音繼續說道。

「我是家事服務公司〈MELODY〉的員工——三上光彌。」

怜不禁啞然。

因為，出現在他家門口的，不是美女，而是是一位絕世「美男」。

2

怜讓光彌走進玄關。

現在是日照強烈的七月，今天天氣很晴朗，氣溫相當炎熱。由於起居室有開冷氣，並且打開了紙拉門，所以走廊也有些涼爽。

「呃……三上先生該不會還是學生吧？」

光彌雖然身上散發出一股沉穩的氣質，不過他的皮膚水嫩細緻，可推測出年齡相當年輕，應該比二十七歲的怜小了五歲以上。

「是的，我讀大學一年級。」

「也就是說，你十九歲嗎？」

「十八歲，因為我是三月出生的。」

光彌用冷靜的音調淡漠地回答問題，同時脫下運動鞋並整齊擺好，一舉一動都很俐落。

「還真年輕啊。」

光彌並沒有回應怜的這句話，而是迅速站起身，把放在腳邊的包包背到肩膀上。怜心想，那個四四方方的包包真像鑑識課人員所使用的硬鋁工具箱。

「您委託的工作是清掃，請問要從哪個房間開始打掃呢？」

「這個嘛……不然可以麻煩你先從我過世的父親房間開始嗎？」

怜走在前面，順著走廊把光彌引領到房間去。讓其他人看到房間慘況需要莫大的勇氣，但光彌不愧是上門來工作的，眉毛連動都沒動。

「裡面非常髒……」

「沒問題，我正是為了打掃而來的。」

光彌淡淡地回答後踏入了房間。

「地板上堆了很多雜誌和報紙，請問要怎麼整理呢？」

「雜誌和報紙我全都不要了，可以的話幫我把它們捆起來。放在書架上的書則保持原狀……然後幫我把灰塵、蜘蛛網之類的清理乾淨。」

「我明白了。請問我可以從插座用一下電嗎？」

用一下電的說法，讓怜覺得很有趣，不過這種措辭方式確實比「借用」正確。怜邊笑邊點頭同意。

光彌馬上著手做準備。他把包包放到榻榻米上，從中拿出一件寫著〈MELODY〉的粉紅色可愛圍裙，一點都不害臊地穿到身上。那件圍裙其實相當適合他。

「……您可以到其他房間等待沒關係。」

光彌似乎注意到怜的視線，開口說道。他一邊說話，一邊綁好三角頭巾。

「啊，那麼……我去隔壁的起居室。」

輕輕點了點頭後，光彌戴上紗布口罩。怜在離開房間的前一秒，看到光彌戴上橡膠手套，一副已經準備完畢的模樣。

他待在起居室裡，決定開始研讀升等考試科目。

大約過了二十分鐘後，隔壁房間傳來了吸塵器的運轉聲。不可思議的是，怜並不覺得那個聲音刺耳。除了他，這棟房子裡很久沒出現過其他人了。這種感覺或許可說讓人覺得挺舒服。

又過了幾分鐘後，光彌出現在房門口。

「打擾一下，請問我可以在洗手臺裝一些水嗎？」

「當然可以。」

怜沒有起身，只口頭告訴光彌洗手臺的位置。不過他有些在意，等大概過了五分鐘之後，還是跑去看對方的動向。

光彌跪在榻榻米上，動作俐落地擦著地板。窗戶大敞，耀眼的夏日陽光照入房內，怜轉動視線，看到房間角落堆放著已經整理好的雜誌與報紙。工作效率真高。

「……嗯，有醋的味道？」

怜聞到後說出口，光彌頭也沒回地回答「沒錯」。

「使用加了醋的水擦拭，可以對長在榻榻米上的黴菌產生除菌與抗菌的效果。當然最後我會用乾布仔細擦亮地板的，請不用擔心。」

光彌用冷淡的語氣說道。

怜原本想回去起居室，但由於一瞬間被變乾淨的房間景象所深深感動，便不自覺四處看了起來。不久前積滿灰塵髒亂不堪的景象彷彿是一場夢，他愣愣地注視著房內，這時光彌已經按照自己的宣告，轉而用乾布擦拭地板。

「——這個房間已經大致整理好了。」

結束乾擦打亮的步驟後，光彌轉身向怜宣布。

「最後剩下放在桌上的物品……」

「這樣就夠了，那些我自己處理。」

怜嘖嘖稱奇，踏入變乾淨的房間裡。仔細一瞧，就連電燈的燈罩、紙拉門的骨架、書架上面等等地方，也被打掃得一塵不染。

「真厲害。原本積了那麼厚的灰塵，現在卻完全沒有灰塵飛揚了。」

「……是的。因為在開窗之前，我先用吸附性強的除塵撢大致擦過了一遍。如果先開窗再打掃，會讓灰塵四處飛揚，過一下子又會再次累積起來。」

「哦！……真令人佩服。三上先生做這份工作很久了嗎？」

「沒有，今年春天才剛開始做。」

光彌似乎沒有深談自己身世經歷的欲望，拉下口罩露出嘴巴後，迅速詢問怜。

「接著要把哪裡打掃乾淨呢？」

怜沒想過這個問題。

因為，他原以為今天光是整理好這個房間，就會耗費掉一整天的時間。當他苦惱的時候，告知正午到來的市內警笛聲響起。

「……打掃之前，我們先吃午飯吧？」

「好，那我來做菜。請問是使用這裡的食材呢？或者要去購買呢？」

「食材……嗯，家裡多少有一些，可以麻煩你用家裡有的東西做菜嗎？」

「我明白了。」

光彌走出房間，把身上穿戴的圍裙與三角頭巾全部解下，塞進包包裡，再把另一套新的穿到身上。為了做菜而換上乾淨裝備的這種舉動，透露出一股專業架勢。

怜帶領光彌到廚房去，然後，從喉嚨深處用力發出了呻吟。流理臺裡堆滿了速食食品的空盒，瓦斯爐則因為油汙而變得黏膩不堪。

「……第一步先整理這裡吧。」

光彌很平靜地提議道。

3

「土門前輩您知道嗎？茄子這種蔬菜，據說挑選有傷痕的比較划算喲。」

「嗯，為什麼？」

坐在怜斜前方的上司——土門警部補一臉疑惑地反問。

「是因為有傷痕的會特價嗎？」

「這也是原因之一……不過，據說我們在茄子上看到的那些褐色傷痕，是被樹葉或樹幹摩擦後所造成的類似普通痂疤的東西。外表上雖然看起來醜醜的，但茄果為了治療傷口會多汲取養分，因此，據說多酚類化合物的含量會因而上升。」

「哦，真是有趣的生活智慧……下次我會問問細君她知不知道這件事。」

土門笑咪咪地回答。他是恩海警局裡出名的模範丈夫，因為叫自己妻子為「細君」的稱呼太獨特，大家常常趁當事人不在時拿來當話題聊。

另一方面，擔任係長的土門在局裡的聲望很高。一身深灰色西裝的打扮以及梳得整整齊齊的灰色頭髮，讓土門整個人充滿時尚感，在怜眼中，對方毫無疑問是他視為人生目標的偉大人物之一。

「可是，連城你會講這些事還真稀奇耶。看你三餐老是吃超商便當，我一直很擔憂，不過現在看起來，你在家也不是沒注意身體健康呢。」

「是嗎……」

怜也不懂自己是在「是嗎」什麼，但總之就是先抓抓頭髮再說。

其實這個知識，是昨天光彌在看到他家裡的茄子後告訴他的。光彌靠著怜先前買的一點點食材，煮出了繽紛到讓人眼睛為之一亮而且又很好吃的一頓料理。

（總覺得昨天一天就像一場夢啊……）

吃完飯後，光彌又幫忙打掃了走廊和儲藏室。麻煩對方做了那麼多辛苦工作，結果收取的總費用卻不到一萬圓。這間一個人住實在太大的日本房屋，終於稍微有點重獲生機的感覺了。

（而且對方比我年輕了將近十歲……真是了不起。）

怜深有所感。況且，願意選家事服務這樣的職務做打工的男大學生實在很罕見。

「喂喂，不要發呆啊，連城。」

當怜陷入沉思時，土門用低沉的嗓音發出斥責。怜端正坐姿回答「對不起」。

「我們不知道什麼時候會冒出案件，而且罪犯是不會在乎我們的營業時間是幾點的。

好比現在我們正在交談的時候——」

上司的說教被中途打斷。因為，土門桌上的電話突然響了起來。那是緊急指令室的直通電話。

——狀況就與他的說教內容一模一樣。

土門以條件反射般的動作接起話筒，回答道。

「您好，這裡是刑事課——嗯，嗯……地點是？嗯……了解！」

土門掛斷電話後，他迅速轉頭看向怜。

「恩海市內發現了一具女性屍體！報警電話是急救人員打來的，據說疑似是服毒死亡。也就是說，恩海警局刑事課現在要立刻派出機動搜查隊。我們該出動了！」

包含怜在內的土門組員立刻做好準備，朝門口衝去。

＊＊＊

遺體上有被子蓋到胸口。

鋪在乾淨榻榻米上的整潔棉被裡，女子帶著痛苦的表情失去呼吸。

「死者似乎是把毒物混在水中喝下去的。」

土門一邊看著放在小矮桌上的玻璃空杯，一邊說道。杯子旁有個褐色的瓶子。怜用戴了手套的手試著打開瓶子，裡面殘留著一點點白色粉末。

「自殺……嗎？」

「還不能斷定。」

土門謹慎地說，然後環視屋內。

這個房間位於公寓二樓。這種廉價公寓由於安裝了會發出聲音的金屬樓梯，所以又被稱為「匡匡公寓」。在鑑識人員調查現場的期間，他們從房東那裡打聽到死者是一個人住在這裡的。

「對獨居女性來說，這裡有點危險耶……」

伶也一邊環視屋子一邊說道。

這裡迥異於伶的家，整個住所都很乾淨，可是屋內與屋外僅隔著一面牆，讓人不太能放心住下去。遺體所在的房間，是除了廚房和浴室以外的唯一一間起居室，空間也並不大。現在時間才剛過正中午，但由於公寓旁邊聳立著一棟高大的廢棄大樓，導致這裡的日照很差。

「我記得房東說過，這名女性死者是劇團團員吧。」

土門跪在遺體旁，憐憫地瞇起眼睛。

「雖然不能全部混為一談，不過我聽說除非是規模很龐大的劇團，否則只靠當舞臺劇演員的收入是很難活下去的。死者的生活應該很拮据吧。」

「原來如此……啊，找到駕照了。」

伶四處尋找死者的身分證明文件，最終在五斗櫃最上面的抽屜裡找到了。駕照被人連同錢包及鑰匙串塞在抽屜裡。

「白根小春小姐，二十五歲。與房東提供的資訊以及門牌上的姓氏一致。」

這種確認動作實在基本到極點，但事先確立好穩固的前提，正是調查工作的基礎。

怜在土門身旁蹲下，比對遺體與駕照。

他一直認為，在所有照片之中，不知為何駕照的總是最拍得最糟糕。不過，白根小春的照片倒是拍得很漂亮，小巧的臉蛋配上寬廣的額頭。比起面前這具露出痛苦表情的遺體，照片中的她亮麗好幾倍。話雖如此，但照片中的人與眼前的屍體毫無疑問是同一個人。

「那麼……」

土門做出捏了捏高挺鼻梁的動作，然後站起身。

「我們去詢問成為第一發現者的女士吧。我們剛抵達這裡的時候，對方十分驚慌失措，現在大概已經冷靜下來了……」

＊＊＊

走出白根小春的住屋後，眼前是一整片的藍色塑膠布。不用想，這塊布是警察架起的，平常時候往下看便能立刻看到這棟公寓的停車場。小春的房間是邊間，所以走出房間後的右手邊——也就是面向馬路的間隙，也掛上了塑膠布。

從兩間房間前面通過後，怜和土門走下樓梯。生鏽的鐵製樓梯發出匡匡的尖銳聲響。停車場裡停滿了警車。角落裡——一棵大樹的樹蔭下，身為第一發現者的女生就站在那裡。她的身邊有兩位警察陪同，看到怜兩人朝自己接近，表情變得更僵硬了。

那個女生頻頻摩挲著從檸檬黃的夏季針織衫中伸出的手臂，同時朝土門二人露出戒備的眼神。

「……請節哀順變。您冷靜下來了嗎？」

土門壓低聲音詢問對方。怜擔憂地想，問人家「您冷靜下來了嗎」不會有點太粗神經了嗎，但沒想到這個女生反而神情冷靜地用力點了點頭。成為刑警後怜才明白，人類是遠比想像中更為堅強的一種生物。

「我們有些問題想請教您，請問現在方便嗎？」

「可以……」

女生用沙啞的聲音答道。怜準備好記事本，土門立刻開始問話。

「那麼，能告訴我們您的姓名以及與白根小姐是什麼關係嗎？」

「我叫青桐菫，跟小春隸屬同一個劇團……我們從大學話劇社開始就一起表演，已經認識五年以上了。」

意思是她也是女演員囉？怜表示理解。青桐有著與短髮相得益彰的深邃五官，感覺很適合站上舞臺。

「我能理解您的心情……那麼，麻煩告訴我們您發現遺體的前後經過。」

「我收到了小春傳來的簡訊……在今天早上六點左右。內容明顯不太正常……我直覺那簡直就是一封遺書。」

青桐從牛仔褲的口袋裡掏出手機，開啟簡訊畫面給大家看。那上面寫著這樣的短短句子。

「謝謝妳一直以來的照顧。再見。　小春」

「我感到很不安，便打電話給小春，可是她沒接……所以我就跑到這棟公寓來了。我搭電車過來有四站的距離，抵達這裡的時間，我想想……大概是收到簡訊後過一個小時吧。」

青桐一臉悲痛地垂著眼敘說。她聲音中的顫抖逐漸加大。

「不管我按電鈴還是敲門，都沒人回應我。當我很迷惘不知該怎麼辦的時候，公寓房東聽到我敲門的巨響，爬樓梯上來看看。於是我把事情緣由告訴了房東，房東便用備份鑰匙幫我開門，然後我就發現了小春的遺體。」

青桐敘說完這件令人震驚的變故後，長長地吐了一口氣。

怜一面把重點記錄在記事本上，一面為青桐這番如同深度惡夢般的遭遇感到內心難受。與此同時，土門維持著專業人士的冷靜，提出下一個問題。

「您與白根小姐常常互傳簡訊嗎？」

「是的，我們每天都會傳。除了劇團事務的聯絡外，還會相約吃飯……」

小春生前的回憶似乎在青桐腦中甦醒過來，她突然摀住嘴巴，臉垂得更低了。但即使如此，土門還是繼續詢問道。

「那麼，白根小姐最近有遇到什麼煩惱，或是那之類的情況嗎？」

聽到這個問題，青桐臉色猛然一變，很不自在地垂下眼。土門立刻追問。

「看來您有些頭緒吧。」

「是的。我自己也覺得這麼講簡直是瘋了……但聽到大家說小春自殺了，我一點也不意外。」

她再度頻頻摩挲手臂，同時沉痛地擠出話語。

「……小春原本有個男朋友，是我們劇團的當紅招牌演員菱木順。」

「菱木？」

因為覺得耳熟，怜不自覺複誦了這個名字。至於土門，則是在聽到這個名字後，瞬間明白那是何人。

「難道……」

他的表情一凝，微微朝青桐逼近。青桐點了點頭。

「沒錯……菱木被列為殺害我們劇團團長的嫌犯，現在正被警方追捕中。」

怜立刻想起來，那不是昨天自己在報紙上看到的案件嗎——

他震驚到說不出話來，這時驗屍官走了過來。

「方便進行報告嗎？」

「當、當然……麻煩你了。」

怜和土門離開青桐身邊，走到她聽不見對話的距離外。

「首先，死者毫無疑問是服毒死亡的。」

這一點怜等人已經知道了。土門也點頭表示應該是這樣沒錯。

然而，驗屍官接下來的話卻讓兩個刑警錯愕不已。

「關於死亡推測時間，大概是昨晚八點到十點。進行司法解剖的話，或許可以縮小時間範圍，不過，肯定是在這三個小時內。」

「這怎麼可能！」

怜不禁大叫出聲。驗屍官抓了抓鼻尖，冷淡回答「雖然你說不可能，但事實就是如此」。

這不可能——怜在心底大叫。因為，青桐收到了小春傳送的簡訊，是在早上六點的時候。

「看來，這不是一起普通的自殺案件啊。」

土門的聲音又低又沉。

4

由於青桐提供的訊息實在太重要，不適合在這個停車場繼續問下去，因此決定讓她上警車，回警局重新詢問。回去之前，伶和土門找公寓房東交談了一下。因為在發現遺體的過程上，他們必須比對核實青桐的證詞正確與否。

房東就住在公寓一樓的其中一間房間，此刻正在那裡等候警察詢問。

「是的，沒錯，我也是發現遺體的人。和那個小姐一起發現的。」

伶和土門上門查訪後，自稱阿潮的房東就在大門口回答問題。

「據說您是用備份鑰匙打開白根小姐家的門……備份鑰匙就只有您手中的那一把嗎？」

土門再度負責詢問，伶則在他身後一步外的距離負責記錄。

「不是，我有給白根小姐兩把鑰匙，是的。」

「要複製那個鑰匙很簡單嗎？」

「不……這棟公寓很老舊，所以所有房間去年通通換成安全性高的鎖，是的。如果不直接委託販售公司，自己是複製不出來的。」

阿潮用格紋手帕頻頻擦拭髮際線後退的額頭。面對兩個刑警，他露出了畏畏縮縮的模樣。但土門卻毫不客氣，提出更進一步的問題。

「您會常常和白根小姐聊天嗎？」

「沒、沒有，只有碰到時才會打個招呼。她是在將近半年前搬過來的，我不太了解她的為人，是的。」

「她曾和其他住戶發生過糾紛嗎？」

「不，沒有過。畢竟她家隔壁現在是空房，如你們所見，樓下則是我家……」

「那她和你也沒有起過糾紛嗎？」

「沒、沒有，我們什麼問題都沒發生過，是的。」

怜一邊漫無邊際地想著房東是在「是的」哪門子，一邊做記錄。

「原來如此……對了，昨晚八點到十點之間，您人在哪裡呢？」

聽到這個問題，阿潮瞪大了眼睛。

「你、你們是在懷疑我嗎？」

「不是，形式上要問一問。」

「昨天晚上的話，我在京都啦，因為有高中同學會。我們從六點左右開始喝……大約九點半散會，是的。」

「京都？那還真遠耶。您是何時回來的呢？」

「為了盡量節省交通費，我是搭夜間巴士回來的。所以說，我搭十點多的末班車，經由東京……在早上七點左右抵達公寓這裡。回來後立刻就碰上發現遺體的騷動，真是累死我了，是的。」

如果房東說的是事實，那他的不在場證明很完美。問完巴士公司的名字和詳細行車路線後，這場查訪就告一個段落。在怜和土門離開之前，阿潮稍微抱怨了一下。

「竟然在我家公寓自殺，開什麼玩笑啊。也不想想會害我這裡的評價變多差……拜託你們快點處理好，可以嗎。」

土門和怜開警車載著青桐返回恩海警局。至於案件現場，則有幾個人按照土門的命令，進行現場勘察。

警車裡，三個人都沒有開口說話。土門很專心地在記事本上寫字，坐在後座的青桐則一直垂著頭，手緊握成拳。

「連城，青桐小姐的偵訊就麻煩你了。」

一進入恩海警局的大廳，土門就拍著怜的肩膀對他說道。怜的身體不禁一僵。

「那個，土門前輩要去哪裡？」

「我要去找課長。這次的案件看起來並非單純的自殺……縱使不是，但只要跟那件殺人案扯上關係，就不能只靠我們局來處理，必須要呈報到總局。」

怜一邊心想原來如此，一邊點頭。看來，這起案件與一個月前的懸案有所牽連，明顯不是恩海警局處理得來的事情。土門皺起眉頭，用嚴肅的語氣說。

「必須……盡快破案才行。」

5

「我想刑警先生應該也知道吧……一個月前發生在縣內的那起殺人案。」

在偵訊室的椅子上一落座，青桐董立刻開口這麼說道。怜大大方方凝視她的雙眼，直率回答。

「當然知道。不過由於轄區不同，所以我們只知道簡略概要而已。可以麻煩您以當事人的角度，從頭為我們說明一下嗎？」

「好的……在上個月的案件中被殺害的田沼紀一老師……是我們劇團的團長。」

青桐的聲音可能因為哭過而有些沙啞，但不愧是舞臺演員，發音仍然清晰易懂。在偵訊室角落負責記錄的巡查也毫無停滯地書寫下去。

「那天早上，我們劇團團員照慣例前往練習室。我們在住商混合大樓租了一間房子，每個月都會在那裡做幾次團練。那個房間是木質地板，牆壁上裝了鏡子，房間正中央……是團長的屍體。他是頭部流血而亡的，地板上丟著一個用來組裝大道具的工具箱，一眼就能看出團長是被工具箱打到頭後死亡的。」

也就是說，這個女生在短期間內連續兩次成為熟人遺體的第一發現者。怜感到同情心疼。

「看過死亡現場的警察們說，團長不是單純的意外摔倒，而是被人撞倒。然後過沒多久，大家就知道凶手是菱木了。」

「呃……我記得監視器錄下的影像成為了決定性證據，對吧？」

「是的，沒錯。前一天晚上，也就是團練結束之後，菱木對團長說『我有話對你說』，然後兩人單獨留了下來。那一幕大家全都看到了。因為殺人案就發生在那個晚上，刑警當然就對菱木起了疑心，而且隔天菱木並沒有來參加團練，我們也聯絡不上他。於是，刑警就調閱了裝在電梯與樓梯的監視器影像……結果發現，在團長死亡的時間帶，待在練習室所在樓層的除了團長，就只有菱木而已。」

壓低聲音訴說經緯的青桐，讓人有些無法看透她的情緒。她對被殺害的團長及凶手菱木抱持著什麼樣的感情，怜都無從得知。

「然後，在團長的推測死亡時間的那時候，監視器也錄到了菱木衝下樓梯離開大樓的畫面。還有……這是我從刑警那裡聽到的，據說他的指紋、汗水、皮屑都有附著在團長的衣服上，大概是雙方打架時沾上的吧。」

這麼說來，雖然報導上沒寫得很詳細，不過縣警總部的見解是「嚴格來說，這起案件並非凶殺案，而是傷害致死」。

「原來如此。也就是說，菱木因為某種原因和田沼起了口角，兩人打成一團時他殺死了對方。」

「警方是這樣推測的。菱木給人的感覺是一個相當開朗的好青年，完全不像是會使用暴力的人，所以劇團團員們聽說了那件事後，大家都稍微能理解……硬是要說的話，團長那個人算比較固執……是個不好伺候的人。」

青桐說得很委婉，但簡單來說，她的意思應該是指被殺害的田沼的個性上有些問題。

怜做出了這樣的推測。

「但殺人的動機究竟是什麼呢？那個晚上，菱木想找田沼談的事情是什麼，您有頭緒嗎？」

「我不知道，可是，小春或許知道。」

「白根小姐嗎？」

上個月的殺人案與本次案件的關聯終於浮出水面了。怜探身向前。

「因為……當我們發現團長遺體之後，小春馬上驚慌失措地大叫『都是我的錯，都是我的錯』。她看到案發現場後，很快明白凶手就是菱木，並且看起來覺得原因是出在自己身上。但這些都只是我個人的猜測。」

青桐的觀察力讓怜感到佩服。

「這件事您當初有向警方說嗎？」

「沒有……當時我試著問過小春『怎麼了？』她搪塞我說『沒事，我只是一時慌張亂說話』，因此我沒有把這件事告訴警察。其他團員也沒聽到……」

青桐說到這裡，突然摀住自己的臉，然後帶著泣音說道。

「對不起！如果我有把這件事告訴刑警，說不定就能防止小春自殺了！她肯定是覺得自己要負責。雖然我不知道原因是什麼，但小春覺得是自己導致菱木殺死團長的……！」

青桐垂著頭開始啜泣，怜覺得尷尬便轉開視線。辦案時，有時候會碰到死者家屬或朋友，怜還是個菜鳥刑警，因而還不太習慣這種場面。並且，真說起來他也不希望自己變習慣。

怜撥弄著收在懷中、方才土門偷偷塞給他的小紙條。那是先前土門在警車裡寫下的「必須詢問青桐的問題」的列表，剛才在進入偵訊室之前才交給他。這種事事周到的作風，正是土門受大家尊敬的原因。

等青桐冷靜下來後，怜轉移到下一個問題。

「詢問您這種事可能會讓您很難受……您知道有誰會怨恨白根小姐嗎？」

「沒有那種人！」

怜還沒把話說完，青桐就大叫著打斷了。

「小春是個非常溫柔體貼的人，絕對不會有半個人怨恨她！」

「……抱歉，形式上我們必須問一問。那麼……還有一個可能會讓您感到不舒服的問題，但形式上還是要詢問您。昨晚八點到十點左右，請問您人在哪裡呢？」

青桐一時無語，用力瞪大了雙眼。她咬緊嘴唇克制住激動的情緒後，才緩緩回答道。

「昨天晚上……我和大家在開會，是和劇團團員們。」

「劇團的？可是白根小姐她──」

青桐一邊重重地嘆了口氣，一邊搖頭。

「小春沒有去。她最近老是去看醫生……昨天也說『今天是去醫院看病的日子』，所以缺席了。」

「看醫生？關於她看病的原因和就醫的醫院是哪家之類的事，您……」

老樣子，怜的話才說到一半，青桐就開始搖頭了。

「不知道，我沒問過。」

「是嗎……那麼，麻煩您把昨晚的會議詳細描述一下，包括時間和地點。」

「昨晚與其說是開會，其實更像是半聚餐。啊，團長才剛過世不久，我們當然不會大吃大喝——就是跟以往一樣，晚上七點在音野市內一家叫〈Crazy Rabbit〉的店開始聚餐，散會時間剛好是十點。」

「感謝您的資訊。等證實之後，劇團團員就全體都有不在場證明了。因為聚餐時間剛好與死亡推測時間重疊。」

「啊……不是所有人都有參加聚餐。除了小春，還有一個團員沒參加。」

青桐一副難以啟齒般地垂下視線。怜傾身向前。

「請告訴我那個團員的名字。」

「對方叫時津茜……是比我和小春大十歲的資深前輩。她是演技派演員，也是我們憧憬的對象。可是……」

青桐懇求似地將雙手撐在桌上。這時候，怜才注意到青桐的指甲上塗了與名字一樣的堇色。

「茜姐是絕對不會對小春不利的。因為茜姐對大家都非常溫柔，還會親切地為我們提出建議……」

以青桐這番顫抖的訴求作為結尾，這場令人鬱悶的偵訊就此結束。

6

怜送青桐走到玄關。

「真的不用送您回去嗎？」

「沒關係，我知道路怎麼走……而且我想稍微走一走。」

青桐鞠了個躬後，在夏季的天空下邁出警局。無論心情再怎麼沮喪，她還是維持演員的風範把背挺得筆直。等確認再也看不到她的背影後，怜才返回局裡，結果在大廳就碰上了土門。

「辛苦你了，連城。抱歉，把所有事情都丟給你。」

「哪裡……對了，土門前輩，我們獲得了一大堆重要情報喲，您要馬上看看筆錄嗎？」

「我是很想立刻這麼做……但我必須在這裡迎接縣警總部的指揮官才行。你先說些重點給我聽吧。」

兩人移動到大廳的角落去。為了不讓周遭的人聽見，怜壓低音量說出青桐吐露的資訊。隨著他的報告，土門眉間的皺褶越來越深。

「嗯……看來白根小春知道關於上個月殺人案的某些內情。她的死亡推測時間與簡訊發送時間也有矛盾……我有預感這個案件會是個難題。」

說到這裡，土門閉上了嘴巴，視線看往玄關方向。怜也跟著側頭望過去。

有一個女人通過自動門走了進來。

她長得很高，身上的淺灰色成套褲裝很適合她。前長後短的鮑伯頭搭配寬廣的額頭，給人充滿理性的印象。其中最吸引怜的注意力的，是那雙狹長的眼睛。那雙眼睛熠熠生輝，宛如尋找獵物的猛禽。

土門迅速朝她走過去，怜也慌慌張張地跟在後面。

「遠道而來辛苦了，請問您就是縣警的指揮官嗎？」

「沒錯。」

聽到對方的嗓音，怜的腦中浮現出削得尖尖的鉛筆。這個女人稍微拉起袖子，看了看手錶。那是一塊粗曠的銀色手錶，錶盤朝向手腕外側。

「上午九點零分三十八秒。比我當初告訴你們的時間還晚，抱歉。」

土門露出一個不知該如何回應是好的苦笑。不過，對方似乎不在意他的反應，並伸出了右手。

「我是縣警島崎志保，官階是警部補，在本次案件中擔任前線指揮。」

土門點點頭，握住她的手。

「我是刑事課的土門，機動搜查隊由我指揮。事不宜遲，我們到會議室商議吧——連城，我們先去會議室，你把青桐小姐的筆錄拿過來。」

「是。」

怜一個人先跑走，返回先前的偵訊室，拿到筆錄後便前往位於同一樓層的會議室。那裡已經按照土門先前的準備成立了搜查總部，眾多員警進進出出。

土門和島崎並坐在窗邊的席位上。土門正在解說案件概要，島崎沒有抄錄筆記，只是用銳利的眼神注視著身旁的土門，默默聽著他說。她既沒有回應，也沒有點頭。

「……這是筆錄。」

等土門簡潔扼要地說明完後，怜遞出筆錄。島崎接了過去，迅速翻閱。就在這時候，一個刑警出現在會議室裡。他是怜的學弟，也是刑事課最年輕的不破巡查長。

「報告！」

不破站到怜和土門面前，態度拘謹地開口說道。他與擁有一身肌肉的怜相反，是一個身材削瘦的青年，給人的印象就跟他戴著的黑框眼鏡一樣，講話方式很老實。

「死者白根小姐的手機簡訊的收發記錄以及電話的通聯記錄已經調查完畢。關於那則形似遺書的簡訊，是在今天早上六點發送的，與青桐小姐的證詞一致。在那之前，沒有出現其他特別不對勁的簡訊。至於電話方面，昨天有三則通話記錄。」

「詳細說明一下。」

土門傾身向前，怜也專注地傾聽。他們有預感，這會是相當重要的情報。

「首先是昨天傍晚五點，有一通從公共電話打來的電話。接著七點時，死者與登錄在電話簿裡一個名叫時津茜的人通話過。」

「時津……」

怜不自覺低聲念出這個名字。先前偵訊青桐時，曾經出現過這個姓名。

「然後，最後是七點半——這次換死者主動撥出電話，打給同樣登錄在電話簿裡一個名叫白根正純的人。這個人是死者的父親。」

「在死亡推測時間的三十分鐘前，打電話給父親……嗎？」

土門做出敲了敲眉心的動作，沉思一番後抬起視線。

「不破，聯絡死者家屬的工作也是由你負責的吧？死者父親那時候有沒有說什麼？」

「沒有……總之，當我們告知死訊時，對方就情緒失控了。據說白根先生在茨城縣……從恩海市這裡開車過去要兩個小時的地方，有一處住宅兼辦公室的房產，然後，他現在正在來這裡的路上。」

「這樣啊……唉，我也有個五歲的女兒……不知道面臨女兒死亡的父親，會是什麼樣的心境呢……」

深愛妻子的土門洩漏出一些個人情緒後，輕輕假咳了下。

「等人過來後，再問問他們父女在電話裡說了什麼吧。謝謝你，不破。」

「哪裡。」

個性非常認真的巡查長扶了扶眼鏡後，迅速退出會議室。

「時津茜。」

島崎輕聲低喃。怜和土門雙雙轉頭看向她。

「這份筆錄裡也出現過這個人的名字，看來值得一查呢。恩海警局可以派人出動嗎？」

島崎朝土門投以銳利的目光。

「就由我親自出馬吧。我們應該能從她口中，問出相當重要的資訊。」

土門充滿信心地回答。聞言，島崎迅速端正姿勢。

「理由是？」

「就是……從經驗得來的直覺吧。」

土門的語氣很認真，島崎沒有回應他的話，而是垂眼看了看手錶。

「現在時刻是九點十八分三十秒。中午要開搜查會議，請在那之前回來。」

縣警精英以不容分說的口吻宣告。

＊＊＊

青桐堇的偵訊結束時，警方從她口中問到了時津茜的住址。

據說，時津茜一個人住在恩海市內的某棟大廈。怜和土門開著警車抵達那棟建築物前，奶油色的外觀給人感覺很乾淨，可以想像得出裡面居民的生活相當不錯。

兩人走進大廳，為了謹慎起見，他們先察看信箱，確定門牌號碼與問來的資訊相同，然後才按下電鈴。第一次無人回應，按了第二次後，終於有女生的聲音回答『找誰？』。

「不好意思，我是警察，有事想詢問您一下，方便讓我們進去嗎？」

『……請進。』

自動門緩緩滑開。怜和土門對看了一眼後進入了大廈裡。

「我知道小春的事了。剛剛小堇有聯絡過我。」

時津茜隔著餐桌與怜兩人面對面而坐，神色看起來很冷靜。

她穿著襯衫，外面套著一件黑色背心，下半身搭配褲子。她的身高很高，響亮的嗓音讓人留下強烈印象。

「所以說，你們為什麼來我這裡？」

時津懶洋洋地把一頭波浪捲頭髮往後梳，來回看了看坐在對面的怜和土門。回答她詢問的是土門。

「因為在劇團的相關人員之中，除了死者，就只有您沒有參加昨天的會議。我們想詢問一下原因。」

「哦？」

這位舞臺劇女演員挑釁般地瞇起一隻眼睛，然後從雜亂的餐桌上拿起被東西蓋住的菸盒，叼起一根香菸。接著，沉默地用廉價打火機點燃。怜用眼尾看了看土門的表情。頂著撲克臉的土門只有在這種時候才會微微皺鼻子，因為他是局裡出了名的討厭香菸。

「我說，刑警先生，那種聚會雖然宣稱是開會，但事實上只是普通聚餐罷了。小堇沒有告訴你們嗎？」

「她有說。」

土門一邊把擺在自己面前的玻璃菸灰缸推向時津，一邊回答。

「哼，知道了還特地來問嗎，真是有趣。問我參加聚餐的原因也就罷了，結果竟然是問我為什麼不參加——沒什麼其他原因，因為我沒興趣，所以就沒去，只是這樣而已。」

真是樸實的答案。怜用自動鉛筆敲了敲記事本，思考該怎麼記錄才好。

「然後呢？還有其他問題嗎？」

「沒有參加會議的您，後來去了哪裡呢？尤其是晚上八點到十點之間……」

「哪裡我都沒去。」

時津打斷土門的詢問，土門立刻瞇起了眼睛。然而，時津一副泰然自若的模樣，還用優雅的動作把菸灰敲到菸灰缸裡。

「劇團的排練結束後，我便從練習室直接回到這裡。抵達這裡的時間，應該剛好是聚餐開始的七點吧？後來我就完全沒出過門，一直獨自看著舞臺劇ＤＶＤ，沒有證人可以證明。」

「很高興能迅速與您達成共識。」

土門的口氣也逐漸變得不客氣起來。

「對了，昨晚七點左右，您接到了死者白根小姐打來的電話吧？」

「沒錯。」

時津回答得很爽快，但這時候卻哀傷地垂下視線。

「妳們講了什麼呢？」

「……這個嘛，她很消沉，我就講一些激勵她之類的話。」

「您說白根小姐很消沉？為什麼？」

土門緊咬著不放，但時津還是照著自己的步調，閉上眼深深吸了一口菸。過了一會兒之後，她才睜開眼睛緩緩啟唇。

「你們應該早就知道了吧，刑警先生，上個月我們劇團發生的事件。」

「嗯，被列為嫌犯的演員是白根小姐的男朋友。」

「沒錯，就是菱木順……事件發生後，小春精神上一直處於崩潰邊緣，因為她覺得自己要為那件事負責。」

「負什麼責？為什麼白根小姐必須為那起殺人案負責呢？」

時津像被香菸嗆到般閉起一隻眼，然後帶著嘆息吐出一口白煙。

「事情演變到這個地步，再隱瞞下去也是白費工夫……好吧，我就把自己知道的事全部告訴你們。」

時津以帶著舞臺劇女演員風格的浮誇動作，將香菸捻熄在菸灰缸裡。

「我就開門見山地說了。小春被團長田沼威脅，然後她將這件事吐露給菱木，菱木便想勸田沼不要再脅迫小春。可惜……他們大概是起了爭執，於是田沼就被殺害了。小春也發現了這一點……」

「等等，請稍等一下。」

土門摸著頭消化這些資訊，同時對時津喊了暫停。

「麻煩您再講慢一點。威脅？為什麼白根小姐會被田沼先生威脅呢？」

「啊……我的措辭可能不太恰當，但拜託你們別讓我說得那麼露骨好嗎……反正這種事很常見啦。每個地方不是都有那種卑鄙的男人，把心中懷抱美好夢想的女孩當成獵物嗎？」

「……您的意思是，田沼先生對白根小姐提出……只要委身於他，就提升她的舞臺演員地位嗎？」

土門的聲音變得低沉混濁，時津露出苦澀的表情點了點頭。

「他提出過可以幫忙介紹經紀公司，或是下一場舞臺劇讓她破格當主角之類的……這種事已經不是第一次了。我是在三年前轉到這個〈ANAGUMA〉劇團的，至今已經見過兩個女生因為被田沼提過類似條件而離開了劇團。這種事情無處申訴，所以我能做的，就只有暗地牽制田沼……雖然我真的很同情菱木和小春，但田沼的死讓我鬆了一口氣。」

「原來如此。田沼的脅迫讓白根小姐很煩惱，便找男朋友菱木先生傾訴。於是，菱木先生準備直接找田沼談判，結果卻把人殺死，踏上逃亡之路。然後，成為田沼遺體的第一發現者的白根小姐才會哀嘆『都是我的錯』……事情經過就是這樣對吧。」

時津一面點頭，一面再次拿起菸盒。她拿出一根香菸卻沒點燃，只是拿在手中旋轉，同時繼續往下說。

「我早已事先告訴過小春，要她注意田沼……可是在這次事件發生前，我竟完全不知道她被田沼脅迫過。在小春發現遺體的當下，脫口而出說『都是我的錯』之前。」

「後來，您在殺人案發生後與白根小姐通話，才得知了剛才所說的那些內容——白根小姐遭到威脅，菱木先生想出面阻止的經過，對吧？」

「嗯。」

「您為什麼不把這些事告訴警方呢！」

土門加重了語氣，時津用指尖擰住沒抽過的香菸。

「說了有什麼用？田沼又不可能復活……只是徒然折磨小春罷了。況且，這些事也無法成為追捕逃亡中的菱木的線索。」

土門嘆了一口氣，抓了抓灰色頭髮。

「於是……昨天您就透過電話，安慰覺得自己要為上個月的殺人案負責的白根小姐。」

「是的。我知道她也沒參加那場聚餐，便主動打電話給她……但是她好像恨不得趕緊掛掉電話，不停反覆對我說『我沒事的』。」

我沒說錯吧？」

根據通話記錄，白根與時津的通話時間確實只有短短三分鐘。

「您說她好像想掛電話，那麼她的狀態和以往有什麼不一樣嗎？」

「唔……感覺有些浮躁，聲音中帶著痛苦，不過這個月她一直處於這樣的狀態……所以也不能說奇怪。」

「既然白根小姐狀態那麼差，這個月的排練她都有參加嗎？」

怜不禁插嘴問道。聞言，時津若無其事地回答。

「……沒有。」

「咦?可是您說昨天你們也進行排練……」

「嗯。再怎麼說團長都過世了,所以我們預定下個月要舉行追悼公演……精神上遭遇嚴重打擊後,小春便主動辭掉演出了。即使她是當紅演員,遇到這種變故也無可奈何,後來她就負責做服裝管理、記錄人員之類的瑣事。不過,我想再過不久她就能重返舞臺……」

時津的聲音戛然而止,然後用力捏扁掌心的香菸。

「啊,對了……小春已經死了……」

看到她顫抖著眼睫毛閉上雙眼,怜這才領悟到,原來她的游刃有餘都是裝出來的。

7

怜和土門離開時津茜的大廈,坐進警車裡。

「……這個案件真讓人不舒服。」

土門靠在副駕駛座的椅子上,苦澀地傾吐心聲。怜也帶著鬱悶的心情發動汽車引擎。

「嗯,而且案件背景摻雜了上個月的殺人案……總覺得這次白根小姐的死亡似乎有內情。」

「是啊,因為超過死亡推測時間八小時之後,才有一封簡訊以死者的名義傳送出去,這其中肯定有第三人介入。可是,我說這個案件讓人不舒服,並不是指這個意思。」

土門撐著額頭，瞇起了眼睛。

「我覺得這個故事未免太悽慘了點。一個夢想成為舞臺劇演員的女生遭到地位高的男人蠻橫威脅……結果，找男朋友傾訴的舉動，卻變成促使男人死亡的原因，女生因而陷入憂鬱。然後在痛苦煩惱到極點時，她失去了性命。」

怜一面踩下油門，一面小聲附和「就是說啊……」。然後，他捶了下方向盤，當作打起幹勁的信號。

「我們絕對要查得水落石出，土門前輩！我們一定要把這件事的真相找出來，無論有什麼阻礙。」

「你的正義感還是一樣這麼強呢。」

土門忽然露出笑容，看向駕駛座上的怜。

「雖然我不曾直接見過本人，不過我聽說你殉職的父親是一位很優秀的警察。看來他的正義感有完整遺傳給你呢。」

「沒那回事……我還只是個菜鳥。」

「不，身為警察，正義感是最重要的一項資質呢。」

土門閉上眼睛雙手環胸，然後輕聲低喃。

「好好加油吧。」

在將近十一點前，土門與怜回到了警局。

兩人正要前往會議室的時候，不破衝了過來。

「啊，土門係長，原來您在這裡。」
「怎麼了嗎，不破？」
「死者白根小春小姐的父親來了。」
「……是嗎？那就去找他問話吧。」
土門雖然用跟以往無二的態度回應，但內心應該十分憂鬱吧？至少怜自己就很鬱悶。刑警的工作一點都不快樂，尤其在偵訊死者家屬的時候，精神上的壓力是最大的。
「我們走吧，連城。」
「是。」
但無論工作再怎麼令人憂鬱，刑警都沒有時間停下腳步。

白根小春的父親——白根正純看起來精神恍惚，以萎靡的神情回答土門的偵訊。他在茨城縣開了間稅務師事務所，是一個身材矮小、看起來很嚴肅的人。
據說，昨晚他是在事務所接到白根小春打去的電話，通話時間大約十分鐘。白根先生知道女兒隸屬的劇團在前幾天發生了殺人案件，身為父親的他針對這件事關懷女兒，並為她加油打氣。而小春的聲音據說聽起來也很平靜。
「我沒想到，那時候她竟然已經決定要自殺了……現在回想起來，她的聲音確實就是那種感覺……她不斷反覆對我說『謝謝您』，為什麼我沒有察覺到呢……」
白根先生矮小的背影不斷顫抖，還拍打自己的膝蓋。偵訊室裡，坐在他對面的土門以及坐在遠一點的地方負責記錄的怜，都找不出話安慰他。

昨天晚上，白根先生在事務所加班到九點半，另外還有三位行政人員也留在事務所。從事務所開車到恩海市需要兩個小時，因此在推測死亡時間的八點到十點這段時間裡，他不可能待在恩海市。當然土門和怜也明白，這位父親沒有殺死寶貝獨生女的理由。

「對了，白根先生，我們聽小春的朋友青桐小姐說，小春有把公寓鑰匙寄放在您那裡……」

「沒錯，在我這裡。但那孩子不在的時候，我從不曾擅自進去她的房間裡。女兒當初找好房子的時候，說是『為了以防萬一』而寄放在我手邊……其實……」

白根先生很不好意思地垂下視線。

「說來丟臉，我女兒如果把鑰匙交給某人……交給談戀愛的對象，會讓我很不安。或許大家會覺得我過度干涉女兒的生活了，可是我實在……放心不下她。妻子過世後，女兒就是我唯一的家人了。」

這個孤獨的男人摀住臉，聲音帶著顫抖。

「可是……事到如今，已經沒有任何意義了。」

白根先生所帶來的小春公寓鑰匙，被警方以證物的名義收走了。

「真讓人受不了。」

土門在大廳目送那道萎縮下去的父親背影離開，同時輕聲低喃。但一直沉浸在感傷之中是不行的，怜和土門前往會議室。

馬上就到正中午，搜查會議開始了。恩海警局眾多的調查人員擠滿了狹小的會議室，大家宛如學生一樣面向前方。而位於會議室最前方面對眾人的，是警察局長、副局長、土門以及縣警代表島崎志保。

首先是朗讀驗屍官的報告。

「司法解剖不久前終於完成了。死亡推測時間的範圍稍微縮小，應該是八點到九點半之間沒錯。」

「有找出具體毒物嗎？」

島崎丟出犀利的問題。負責報告的刑警一邊抓了抓亂糟糟的鬍子，一邊回答。

「是番木鱉鹼。它並不屬於市售藥物或是能從市售藥物中抽取出的毒物類別，如果調查死者的取得管道，可能會比較容易找到取得源頭。」

這真是一份充滿希望的報告。怜朝坐在旁邊的不破使了個眼神，不破眼鏡下的雙眼閃閃發光並同時點了點頭。

「此外，從屍斑的浮現狀態來看，屍體在死後被搬動過的可能性為零。報告完畢！」

接下去朗讀的，是調查現場的鑑識課成員的報告。

「現場的窗戶與大門都從內側上了鎖，不可能從外部潛入屋內。窗戶的窗框以及大門的門鎖並沒有發現可疑痕跡。」

換句話說，就是不可能利用細線之類的工具從屋外上鎖。當然，怜也從不曾在現實中聽過有哪個罪犯做出那種異想天開的舉動，就算凶手設計了機關，鑑識過程也不會遺漏那些痕跡。

「然後，有一個重大發現。」

負責報告的刑警那又粗又低的嗓音加大了音量。

「死者是在棉被裡斷氣的，但被子以及床單上發現了死者以外的其他人的指紋、毛髮還有汗水、唾液。這些全都屬於同一個人的。科搜研[3]使用資料庫進行調查，結果發現……該人就是菱木順。他也是目前行蹤成謎、上個月傷害致死案件的重要涉案人士。」

會議室裡一片嘩然。怜也被這份報告嚇了一跳。

「肅靜。」

島崎用尖銳的嗓音喝止交頭接耳談話的刑警們，並用那雙伶俐的眼睛盯著負責報告的調查人員。

「資料上說，那個叫菱木的人是白根小春的男朋友，所以也有可能是以前附著上去的吧？」

「不，床單和棉被的被套都還很乾淨，宛如是才剛開始用的新品。此外，附著的方式相當清晰明顯，難以想像是經過清洗和曬乾後的痕跡……因此並非是以前附著上去的。」

「我明白了，繼續說。」

「呃——還有，死亡現場的房屋玄關有衣帽架，是安裝在牆上的類型，上面掛了四頂

3　全名是科學搜查研究所。

帽子……我們從汗水與毛髮判斷，其中一頂是屬於菱木順的。」

聽到這一點，怜並不怎麼意外。考量到白根與菱木是一對情侶，這種事實在沒必要特別提及。因為這種狀況可以理解為，菱木順某次到女友家時不經意把帽子遺忘在那裡——然而，接下去的報告內容卻讓他有點詫異。

「除此之外，土間排放了五雙鞋子……混在其中的一雙網球鞋，我們從汗水及皮屑的檢測發現，它也是屬於菱木的。」

帽子也就罷了，但一個人不可能把鞋子遺留下來赤腳走出房子。怜試著推測，會不會是菱木順事先在女友家裡放了一雙預備用鞋，但這種假設連他自己都說服不了。畢竟這種舉動實在不太尋常。

「結論就是你們從屋子裡找到菱木順所留下來的大量痕跡，沒錯吧？」

土門大聲做出總結。負責報告的刑警點點頭，以「以上，報告完畢」畫下句點。

接著，怜針對青桐及時津所提供的資訊，進行概略簡報，讓會議室內又掀起了幾波議論。每一次島崎都很冷靜地制止大家。

「總之，這起案件肯定與上個月的殺人案有關。」

在會議的最後，土門這樣宣告。

「我們必須盡快找出逃亡中的菱木順，以重要涉案人士的身分對他進行偵訊。在對白根小春案進行調查的同時，我想分出大量人力去找出菱木順的藏身地。上個月進行過搜索的音野警局接下來也會加入我們的行列，以上！」

8

會議結束後，土門朝怜招了招手。在其他刑警相繼離開會議室時，唯獨怜及土門，以及坐在土門旁邊的島崎還留在裡面。

「來整理一下疑點吧。」

土門開口說道。撐過辛苦的上午後，他的臉上此時依然不見疲憊之色。

「在搜查會議上不太能觸及的『謎團』部分，我們也必須好好思考一下。連城，可以幫我寫在白板上嗎？」

「是。」

怜把土門念誦出的「謎團」逐一記錄在白板上。

●為什麼超過死亡推測時間八個小時後，簡訊才從死者的手機傳送出去呢？

●如果這是一樁殺人案，凶手是如何從上鎖的屋內逃脫的呢？

●為什麼會從床單上找到菱木順的毛髮和唾液呢？

●為什麼死亡現場會留下菱木順的鞋子與帽子呢？

「關於第四點，我覺得不用太過深入思考。」

島崎以強勢口吻指出這一點。她使用的是巴掌大小的電子記事本，恩海警局裡沒有人使用如此時尚的物品。

「有鑑於白根和菱木是男女朋友，可能發生的假設我就能想到一大堆，我認為前半部分的問題更重要。」

「說的也是。倘若這是一樁自殺案件，密室的問題就稱不上是謎團了。不過，那個簡訊還是很可疑。就是寄給青桐小姐的那個簡訊……」

土門邊聽怜說話邊翻資料，驀地，他拍了拍某張資料。

「大門鑰匙在死者的手提包裡──至於手機，則和裝過水的玻璃杯以及番木鱉鹼一同放在小矮桌上。」

「把門上鎖之後，再設置機關把鑰匙運回屋內，這樣的手段是不可能成功的吧。」

島崎如是說道。怜沒有異議，因為鑰匙被收在包包裡。

「可是這麼一來，結論就只會導向自殺。」

土門皺起眉頭，低聲說道。

「畢竟在這世上只有三把的鑰匙裡，一把留在屋裡……其他兩把的擁有人，也就是房東及白根先生都各自擁有完美的不在場證明。方才的會議上，詢問過製造商的調查人員也說過外人不可能打造出備份鑰匙。」

「有可能是委託他人殺人。」

島崎的這個假設實在太離譜，怜頓時傻眼。然而，島崎卻淡淡地繼續往下說。

「舉例來說，假設公寓房東是幕後黑手好了，他和死者之間產生某種糾紛，於是事先把鑰匙交給第三人，在自己去京都製造不在場證明的期間，讓對方殺死白根。這麼一來，密室問題就解決了。」

「這種假設確實合理，但有點太脫離現實了。」

迥異於目瞪口呆的怜，土門很冷靜地反駁。

「不過，我們尚未詳細進行死者的身家調查，所以未來也有可能在那個房東身上找到殺人動機。但即便如此，他也只不過是嫌疑犯之一罷了……畢竟上個月劇團才發生過殺人案，我們都被那個案件分散了注意力，要說凶手冒著風險故意把第三人捲進來也太不合理了。」

「嗯，沒錯，我也覺得不可能。」

島崎說得很大言不慚，完全無視那是自己提出的假設。

「況且，房東既然已經製造了不在場證明，還讓共犯把門窗鎖上也太不正常了，因為他可是擁有鑰匙的少數幾人之一。以自殺來說，門窗全都沒上鎖會顯得很不自然，更進一步來說，當他殺證據曝光時，房東應該很怕自己會因為擁有鑰匙，而瞬間遭到眾人懷疑。」

「原、原來如此。」

怜對這位從縣警單位過來的刑警的頭腦靈活度感到佩服。

「也就是說，擁有鑰匙加不在場證明的房東與死者父親，反而是最不需要懷疑的，是吧。」

「這是因為遺體沒有被移動過的痕跡，而且他們也沒能力製造出把殺人現場挪到其他地方之類的小花招……但這麼一來，凶手究竟是如何把大門鎖上的呢？」

土門雙手環胸低吟道，結果島崎相當果決地說「暫時把這一點忘了吧」。

「最大的問題應該是簡訊。如果這是一樁殺人案，為什麼殺人後過了很長一段時間，凶手才送出那種簡訊呢？」

「這一點真的很令人費解呢。只不過，這裡又會被密室問題所干擾。」

「咦？為什麼呢，土門前輩？」

「喂喂，連城，這不是理所當然的嗎。因為手機就放在屋子裡耶。也就是說，今天早上六點在簡訊發送出去的當下，凶手還待在屋子裡……」

「那又怎麼了嗎？」

島崎謹慎地問。她的指尖敲著桌子，似乎正在整理思緒。

「只要能登入帳號，就能透過其他設備用她的帳號傳送簡訊……這件事調查一下就能釐清了。」

「啊啊，我懂了。原來……可以從其他設備。不管如何，總之我們搞不懂的，是傳送那則簡訊的人的目的。」

「不好意思，剛剛的對話讓我想到一件事。」

怜靜靜地舉起手來。土門與島崎的銳利視線全集中到他身上，讓他縮起了身體。

「或許那個簡訊是死者自己寫的也說不定？」

「啊啊，原來如此。你是指死者使用了定時功能嗎？」

島崎迅速理解含意。怜用力點頭。

「沒錯。換句話說，當那個簡訊因為定時功能而自動發送的時候，死者已經離開人世了。如果以這是一起自殺案件、簡訊是死者自己寫的觀點來看，大體上這起案件的完美犯罪要素就不存在了。。」

「不管如何，只要進行解析，答案就出來了……我們也不要強行分析，用自己的觀點擅自判斷事情。」

土門這番話說的正是時候。島崎第一個站起來，垂眼看向自己的手錶。

「我們已經討論了七分二十五秒。非常感謝你們陪我整理思緒，也請兩位回歸工作崗位。」

9

從接到民眾報案到現在，已經過了整整一天了。

怜在警局裡過夜，趴在桌上小睡了三個小時左右。雖然身體痠痛，但能保有睡眠時間已經是很僥倖的事了。他們又將馬上開始進行調查。

「你醒啦，連城。我這裡收到很多報告喔。」

坐在斜前方座位上處理文件的土門露出溫和的微笑。

「關於菱木順的事，昨天……不對，已經算是前天了，總之在白根死亡案件發生當晚的七點出頭，死亡現場附近的超商監視器拍到了他的蹤跡。」

「什麼！」

「他只是從超商外面經過，鏡頭只拍到一下子，不過根據科搜研的解析，那道身影確實是他本人。這下可以肯定，案件發生當晚他的確去了白根小春的公寓。」

「這麼說來，是他殺害了白根小姐嗎……？」

「天知道。如果他真的是凶手，這件事就更悲慘了。」

確實是這樣沒錯。因為，這等於白根小春是被自己所愛的男友殺害的。但可悲的是，假如菱木是凶手，怜能想像出他的殺人動機——白根的傾訴，是致使菱木殺死田沼的導火線。如果說在外逃亡的一個月裡，菱木反過頭怨恨起導致自己成為罪犯的女友……？

「總之光想也沒用。連城，能不能麻煩你再去找青桐小姐問話呢？菱木順的鞋子和帽子的問題尤其重要，我也想確認一下她當初進入房子時的詳細情況。可以拜託你嗎？」

「是！」

原則上，進行調查的警察都是兩人一組共同行動。怜與不破一同從警局出發。

上午八點，是平日整個城市開始運轉的時間。警車在開始變擁擠的道路上奔馳，兩個警察朝青桐菫的住家前進。

＊＊＊

『情況怎樣，連城？你們有從青桐小姐口中問出什麼資訊嗎？』

怜一打電話過去，土門立刻開口詢問。怜靠在汽車座椅上，忍住嘆息。

「沒有任何全新線索，只確認了幾件事而已。」

他抬頭看向方才剛離開的青桐居住的公寓，將事實原原本本地呈報上去。

「首先，關於鞋子與帽子的問題，青桐小姐說她記得那些全是菱木的物品。因為菱木先生雖然是男性，鞋子尺寸卻特別小，屢屢在劇團內成為大家討論的話題，所以她有印象。另外，帽子據說是白根小姐送給菱木先生的禮物，是她去美國旅遊時買回來的。」

『原來如此……那麼，它們出現在屋子裡多久了？』

「關於這一點……青桐小姐說她已經有兩星期以上沒進去白根小姐家裡了，最後一次進去的時候，她也不記得是不是有看到菱木的鞋子和帽子。」

『關於當初衝入死亡現場時的情況，你有問到什麼新證詞嗎？』

由於他們覺得這件事會成為破解密室謎團的突破點，因而怜也特別著重詢問了一番。

「青桐小姐當時似乎相當驚慌失措，所以不太有記憶了。不過，房東和她發現屍體並叫了救護車後，才察覺白根小姐已經沒有呼吸，於是立刻走出房間，並沒有靠近窗戶。」

『所以說，難以想像他們在進屋後做小動作嗎？』

「是的……這次就只有問到這些。接下來土門前輩打算怎麼做呢？」

『我現在準備去恩海綜合醫院，就是白根小姐定期看診的醫院。或許能有什麼收穫也說不定……你就繼續在現場附近打探情報吧。』

「我知道了。」

怜掛斷電話後，坐在駕駛座的不破開口說。

「我不覺得剛剛見到的青桐小姐有做什麼壞事。因為她自己明明已經非常難過了，卻還掛慮著白根小姐父親的狀況，是個很溫柔的人……」

怜也想起了方才在玄關大門與他們談話的青桐的臉。案件發生後過了一個晚上，她看起來稍微冷靜了一些，但雙眼卻哭得又腫又紅。她似乎也認識白根小春的父親，不停擔心已經沒有半個家人在世的白根先生。然而……

「她是一個女演員，那未必就是她的真面目。我們不能因為同情而錯失真相。」

「真是一個讓人鬱悶的工作啊。」

不破疲憊地抱怨，然後轉動了方向盤。

＊＊＊

打探完情報回到警局後，為了分享青桐提供的消息，兩人前往搜查總部。

一進入會議室，就看到島崎志保坐在最前排的桌子前，對著電腦正在打字。她看也不看鍵盤，手指以超快的速度飛舞著。

「島崎警部補，我們過來進行報告。」

怜彬彬有禮地走過去。她摘下眼鏡——大概沒有度數，只是阻擋藍光——抬起視線。

「我們再次偵訊了與死者同屬一個劇團的青桐董……」

當怜平靜地念誦寫在記事本上的內容的期間，島崎既不回應也不點頭搖頭。怜感到不安，懷疑對方真的有在聽嗎。

然而，島崎卻在聽完後道謝說「謝謝你的報告」。

「為了謹慎起見，剛剛那些內容如果能彙整成報告就好了。」

「是，我會做成報告的。」

「還有，我也有消息要告訴你們。」

島崎看了手錶一眼後繼續往下說。

「是關於昨天你和土門警部補提過的簡訊。伺服器管理公司的諮詢結果出來了……那封簡訊並沒有使用定時功能，並且百分之百是從死者留在公寓的手機發送出去的。」

「是嗎……」

事情越來越複雜了。目前已經確定的是「有人在白根死亡後，使用放在密室裡的手機傳送簡訊」。

「這下可傷腦筋了。」

「一點也不傷腦筋。」

島崎並不贊同怜所發的牢騷，讓怜不自覺側頭看向她。仍然坐在椅子上的她微微翹著腳，冷靜地說道。

「或許青桐董是在衝進屋子裡後，偷偷把手機放到小矮桌上。換句話說，簡訊是她自導自演的產物。」

「可是，她有前一晚的不在場證明。」

「啊啊……抱歉，我只是不想提出完美犯罪這種奇怪的概念罷了……我想表達的是，物理上來說再怎樣都會有突破口的。」

比怜經歷過更多九死一生險境的島崎，吐出了相當充滿自信的話語。見怜認真地把話聽進去了，她垂眼看向手錶。

「現在已經上午九點二十分了。從我昨天抵達這裡起算，時間已經過了二十四個小時以上，我們必須好好把握寶貴的時間……連城巡查部長，報告就麻煩你寫了。」

「是……」

就在怜正要離開的時候，土門氣勢洶湧地開門走進會議室來。他踏著迥異於平日的粗魯步伐，朝怜他們走近。

「我發現一個不得了的消息……連城、島崎警部補。」

「請說。」

島崎從頭到尾不慌不亂，催促土門往下說。

「我在恩海綜合醫院見到了白根小春的主治醫生……然後得知了一個天大的消息。白根小姐是因為喉嚨狀態變差而定期去醫院看診……結果兩個星期前診斷出聲帶長了腫瘤，而且相當惡性，如果不立刻動手術可能會危及性命，因此預定在月底開刀。」

「也、也就是說……」

「沒錯。如果為了活下去而動手術，她就必須付出龐大代價……手術之後，她將再也無法像從前那樣發出聲音，等於是站在了演員生涯是否就此斷絕的關鍵時刻。」

「消息就這些嗎？」

島崎不為所動地反問，土門一臉沉痛地點點頭。

「我當刑警已經快二十年了……從沒看過這麼悽慘的案件。她還如此年輕，就接二連三遭遇這樣的悲劇……」

「感謝你報告這些事。可以把這些資訊彙整成一份報告嗎？」

島崎如是說道，看起來完全沒被多愁善感的土門所打動。

「好、好的……我當然會寫成報告。不過，這個原因已經足以成為強而有力的自殺動機了，有了這個資訊，說不定支持自殺論點的調查人員會變多呢。」

「我們又不是靠多數決來決定真相的。」

聽到島崎毫不客氣的回應，土門表情一僵。怜在一旁戰戰兢兢地關注事態發展，土門剛要開口，島崎便早一步低頭鞠躬。

「是我說得太過分了。」

「啊啊……哪裡，我也有些太情緒化了，非常抱歉。」

土門抓了抓灰色的頭髮，這時島崎放在桌上的手機響了。只響一聲她就立刻接起來。

「是。」

她只回答這麼一個字。怜聽到了手機傳出男性的說話聲，島崎在通話期間完全沒做出回應，最後只說了「是，多謝」，就掛斷了電話。

「……是我的部下打來的。有兩個消息。」

她轉頭看向土門與怜，簡潔匯報。

「關於現場殘留的番木鱉鹼，已經找到來源了……是菱木順從一年前工作過的醫院裡偷來的。」

「是菱木?!」

怜不禁大叫出聲。島崎再度瞄了一眼手錶，然後回答「沒錯」。

「據說很多人只靠劇團收入無法過活，必須做其他兼差，菱木順也是其中之一，直到一年前他都在東京都某家醫院裡當行政人員。我們已經得知，番木鱉鹼是從那裡被偷走的。」

「意思是說，當過行政人員的菱木順很熟悉醫院內部，他極有可能是從那裡偷出來的。」

「沒錯。還有另外一個消息，是關於前天五點左右，打給死者的那通公共電話——訊號來源是恩海市內的電話亭，調查過後，附近的付費停車場監視器捕捉到了那個電話亭。而在那個有問題的時間點打電話給死者的男子，已經確定是菱木順。」

怜和土門一臉為難地對視。土門低聲說。

「菱木順前天打電話給白根小姐……？」

在這次的案件中，正在逃亡的殺人犯——菱木順究竟扮演著怎樣的角色，總覺得好像逐漸明朗，又讓人感到一頭霧水，情況相當微妙。

「究竟發生了什麼事呢？」

就在土門氣餒地喃喃自語時，島崎再次開始盲打。

10

後來，調查工作徹底陷入了僵局。

從死亡現場的狀況來看，幾乎可以肯定菱木有前往白根的公寓，但警方卻找不到現場附近有人目擊到疑似菱木的人物出沒的情報。根據那家超商及停車場監視器的影像，菱木的蹤跡已經明確了一些，然而警方還是完全無法查明他的目的地。

怜連續幾天在現場周圍進行探查，終於打探到目擊菱木出沒的情報。但遺憾的是由於時間點很晚，加上那個地區的來往行人原本就少，結果還是完全沒找到有益的資訊。

一天過去了，兩天過去了。

警方別說抓到菱木，就連他的足跡都追不上，菱木整個人宛如一縷白煙般消失在這世間。

對犯罪搜查來說，決勝關鍵就在第一個星期。現場殘留的證據就好比蒸發的水分，眨眼間便會消失得無影無蹤，警方能在這段時間裡撈到多少線索，將決定案件的走向。

然後——關鍵的一星期過去了。

白根小春是自殺而亡，把毒藥交給她的人是菱木。對於這一點，幾乎所有調查人員的看法都一致，怜也相信到這個階段為止確實是這樣沒錯。

只不過，誰也不清楚後來的發展。

過去一星期來怜幾乎不眠不休地工作，在案件發生後過了整整七天的星期六，他拿到了半天的休假。

下午三點，怜從恩海警局步履蹣跚地回到家中，一踏入玄關，他馬上一屁股癱坐在地，因為精神與體力都已經瀕臨極限了。

身體一放鬆，強烈饑餓感立即湧上，怜這才發現自從昨晚吃了超商便當後，他就再也沒吃過東西了。可是，他實在沒力氣現在出門去買吃的，或是自己煮些什麼，就連去加熱咖哩調理包和真空包裝的白飯，他都覺得很費力。他只想就地躺下來睡一覺。

怜用手肘撐著地板往後倒，然後猛然回過神又爬起身。

「糟了……」

他現在身上穿著襯衫，如果把手肘撐在家裡髒兮兮的地板上……他懷著擔憂，慌慌張張看向手肘，但出乎意料地衣服完全沒髒。

「我都忘了……上星期有拜託三上打掃過……」

怜喃喃自語道，然後突然想起一件事。

這個想法對怜來說充滿了吸引力——不，是魔力。彷彿被某種力量操控了似的，他拿出手機，從通話記錄中翻出〈家事服務公司MELODY〉的號碼。

＊＊＊

「您好，非常感謝您再次使用敝公司的家事服務。」

怜來迎接時，禮貌十足地朝他打招呼的是上星期的那位家政夫——三上光彌。

「喔、喔喔……今天也要麻煩你了。」

一直癱坐在玄關門口的怜讓開位置，招呼對方進門。這間家事服務公司沒有指名人員的制度，所以顧客並不知道上門的人會是誰，不過發現來的人是光彌後，怜稍微鬆了一口氣。

「上次您說自己沒有特別喜歡討厭的食物，也沒有過敏問題，於是我自己視情況買了這些食材過來，這些您可以接受嗎？」

光彌把提在手上的環保袋稍微舉高給怜看，怜點頭回答「沒問題」，並引導光彌走進屋內。

在廚房站定後，光彌跟上次一樣從四四方方的包包裡拿出圍裙及三角頭巾。他一邊把配備穿戴到身上，一邊詢問呆呆站著的怜。

「請問要煮多少飯菜呢？這些食材足夠把明天的早餐也做好。」

他從纖長睫毛底下看向了怜。那美豔的容姿，讓怜有些手足無措。

「啊啊，嗯……既然如此，可以麻煩你煮兩餐的量嗎？」

「好的。」

光彌迅速洗好手，動手切起拿出的食材。他看向仍然站在一旁的怜。

「……您要先去洗個澡嗎？您看起來好像非常疲憊。」

讓一個十八歲的青年為自己操心了。怜含糊地回應了一聲後便走向浴室。

脫掉衣服進入浴室後，整個人立刻被蒸騰的空氣所籠罩。怜打開通風扇，通風扇發出嘎嘰嘎嘰的摩擦聲後開始轉動，一絲霉味撲鼻而來。

（這次可以麻煩三上把這裡也清掃一遍嗎……）

怜一邊沖著不冷不熱的水，一邊心不在焉地在腦中想著這件事。然後，他回過神來，用雙手拍了拍自己的臉頰。

（笨蛋！我怎麼可以一直依賴別人！）

怜加大了蓮蓬頭的水壓，打算沖掉累積了好幾天的疲憊感。等徹底洗淨身體走出浴室時，他覺得有一股積壓了好幾天的疲勞不斷湧出，籠罩全身。他一面努力抵抗那股倦怠感，一面擦乾身體穿上居家的襯衫與褲子。

「好了。」

瞪著鏡中的自己，怜揮出拳頭。

（我才不會讓它變成懸案——絕對不會。）

他踏出更衣間，走向起居室，發現有一股誘人食欲大開的香氣蔓延到走廊。

光彌站在廚房裡翻炒著某種東西。他瞥了怜一眼，點了點頭，怜也不由得跟著點點頭，然後在起居室的沙發上坐下來，睡意洶湧而至。

「三上，你現在放暑假嗎？」

怜找了個話題問光彌，想藉此提提神。由於廚房位在沙發背後，所以怜稍微轉過身體看向對方。光彌一臉詫異地盯著怜看了一會兒後，才回答道。

「剛開始放。」

「這樣啊，希望你能渡過一個好假期。」

「……是。」

然後，一片沉默。空氣中只有炒菜的滋滋聲作響。

「……發生在恩海市內的那椿案件，警方還在調查嗎？」

驀地，光彌開口詢問。意識已經開始朦朧的怜，慢了一拍微弱地回答「啊……嗯」。

「越來越多人的看法傾向死者是自殺而亡……但其中有許多難以理解的謎團。不過，如果能逮捕逃亡中的重要涉案人士，我想那些謎團就能解開了，可惜我們完全抓不到他的蹤跡。」

怜講的都是一些看新聞就能知道的消息，但卻莫名有一種找藉口辯解的感覺。他往光彌的方向偷覷，發現對方的視線落在平底鍋上，沉默地舞動著拿著木鏟的手。過了一會兒後，光彌才再度開口。

「電視和網路上議論紛紛，說有他殺的嫌疑、死亡現場是密室等等，但現實中究竟是什麼情況呢？」

怜略為猶豫了下後，判斷這些事情應該不需要隱瞞，況且那些情資也是某個警界相關人士洩漏出去，遭人扭曲後四處散布的產物。既然如此，倒不如以要求保密為前提，由自己告訴對方正確的資訊。

「死亡現場是密室這一點是真的。此外，由於從死者的死亡推測時間起算過了很長一段間隔後，有人假扮死者發送簡訊，因此有第三個人涉入本案的可能性很高。」

「原來如此……所以才會有很多謎團。」

這時候，怜注意到光彌眼中透露出興致盎然的光芒。

「你喜歡那種有密室之類的場景出現的推理小說嗎？」

「不是……我完全沒看過推理小說。」

光彌冷淡答道。然後，他關上爐火，把平底鍋裡的東西倒到大盤子上。

「煮好了。另一餐的菜餚等冷卻之後，再請您把它們放進冰箱。」

光彌一邊把盤子端到餐廳，一邊淡淡地向怜說明。怜開口說出了自己從剛剛開始就在思考的話。

「那個，三上也來一起吃飯吧。」

光彌正把盤子放到餐桌上的手停在了半空中。

「……什麼？」

「因為我在家總是一個人吃飯，所以偶爾也會想找人一起用餐，況且自己一個人待著，心情也會變憂鬱。最重要的是……這些菜是你幫我煮的。」

「不，關於這一點，您是有付薪水給我的。」

光彌一臉困惑地皺起姣好的眉毛，並解下三角頭巾，烏黑的髮絲往他的臉上飄落。

「你討厭和我一起吃飯嗎？」

「不是討厭，而是因為我是提供家事服務的人員，要我轉換自己的角色實在有點……」

怜發現這是他第一次聽到光彌說話不帶敬語。

「唉，就算是我拜託你啦。你在我家停留期間的時薪我會照常支付，你吃掉的飯菜也不會從薪水裡面扣的。」

「……不好意思，請問連城先生這樣做能獲得什麼益處嗎？」

「用益處來形容很奇怪……不過我就是想找個人一起吃飯，不行嗎？」

光彌仍舊露出遲疑的神色，不過受到怜強勢的態度影響，他最終還是點頭同意了。

「那麼……不好意思，請容我與您一起用餐。」

於是，兩個人坐到餐桌前，吃起一頓時間略早的晚餐。

「呃，非常抱歉現在才問這個問題……你應該沒和別人約好一起吃飯吧？」

「倘若有，我會告知您。」

光彌一邊吃飯一邊冷淡地回答。

怜再次環視了餐桌一圈。晚餐的主菜是味噌煮鯖魚、蕃茄燉雞肉，搭配用鹽調味的紅蘿蔔炒高麗菜，以及豆腐海帶味噌湯。之所以有兩個主菜，是因為把隔天早餐的菜餚分成兩等分。

「話說回來，三上你很厲害耶，竟然可以在這麼短的時間裡煮好這些菜。」

「因為有許多技巧可以縮短時間……」

光彌用手摀著嘴巴回答道。他的一舉一動都很優雅。

「咦，說說看？」

「我想想……例如，我在工作地點煮飯的時候，會用鯖魚罐頭代替新鮮鯖魚。因為有些家庭討厭煮魚時會飄散腥味……不過，其實原因也不光是如此。」

光彌停下筷子說道。他的語氣比平時還要多了一絲絲熱情。

「一說到罐頭，大家都會在意裡面放了防腐劑，但鯖魚罐頭卻對健康很有益處。鯖魚罐頭是把切塊的鯖魚連同罐頭一起加熱烹調，因此油脂沒有流失，通通可以完整攝取到，還能攝取EPA、DHA之類對身體很好的營養成分喲。而且，鯖魚罐頭的鯖魚連魚皮和魚骨都煮軟了，很好吞嚥，簡直一舉數得。」

「原、原來有這種事。」

這世上應該沒幾個十八歲的青年，會如此熱情地描述鯖魚罐頭的魅力吧。伶的心情稍微愉快了起來。

「用蕃茄燉煮東西時，我也是用蕃茄罐頭。水煮蕃茄相當耗費時間，如果要做成蕃茄醬使用，選用罐頭比較快。有些蕃茄罐頭會放防腐劑，所以必須仔細看清楚再買，不過它的益處很多喔。用在加工食品上的蕃茄與新鮮蕃茄不一樣，是等徹底成熟後才採收的，因此它蘊含的茄紅素——就是能預防動脈硬化及高血壓的成分，是生吃用蕃茄的三倍。」

「咦！原來如此。」

怜喝著味噌湯的同時，也為眼前這個青年所知道的豐富料理知識感到佩服。

「……看來我也必須補充一些這方面的知識呢。」

他低聲說道。原本只是喃喃自語，但坐在對面的光彌卻面露疑惑做出反應。

「為什麼這麼說呢？」

「因為我覺得，為了能好好活下去，一個人還是必須具備一定的生活能力。好比說我很不會打掃，但也差不多該去把打掃技巧學起來了。」

光彌沒有立刻接話，只是鼓動臉頰咀嚼著自己的那份鯖魚。

「是這樣嗎……」

他頓了一下才回答。

「但這樣沒什麼不好吧？雖然我這種身分不該講這種大道理……不過人各有所長，如果是自己不擅長的事，實在用不著硬是勉強自己去做，只要找像我這樣的人員過來就行了。」

「哈哈，謝謝你。說的也對，在你面前說這些話，實在對你的工作很失禮，抱歉。」

「不，我不是那個意思……」

光彌撇開視線，似乎在思索該怎麼表達。他的這個動作也美得像幅畫。

「即使是專職家庭主婦，偶爾也會找我過去幫忙，畢竟每個人生活中總是有一大堆非做不可的事情。我覺得，如果可以付錢找人來幫一點忙，大家應該會很高興。可能有些人會說『這樣太嬌氣』或『要自己動手做』，我覺得那不是觀念守舊，而是有謬誤。」

光彌講得有點狠。在怜不知道該怎麼回應才好的時候，光彌又接續說道。

「除了家事，現在還有其他各式各樣的服務公司。有人說，凡事都用金錢解決的社會太過冰冷，但我反而覺得，只要支付代價就能得到想要的東西的社會，是很富裕且溫暖的。」

聽到溫暖這個形容詞，怜感到很意外。光彌放緩了語氣繼續說道。

「我並不覺得人類誕生下來時，天生就帶著那麼多使命。」

使命——

這兩個字震撼了怜。沒錯，他肩負使命。肩負著逮捕罪犯的重要使命。

「……雞肉具有消除疲勞的效果，請您多吃一點。」

光彌自言自語般地說了這麼一句話。聞言，怜有些吃驚。

（難道他是覺得身為恩海警局刑警的我，為了這次案件很勞累，所以特地煮了雞肉……？）

怜的腦中掠過這個想法，但又覺得不可能，便自己把它否定掉。因為這種想法未免太自大了。

但不管如何，這個名叫三上光彌的青年確實比他當初所想的還要更善於觀察。

「你很在意這個案件嗎？」

怜想起剛剛光彌興致盎然的神情，便試著提起這個話題。正在小口喝著味噌湯的光彌，把湯吞下喉嚨後點了點頭。

「身為市民當然在意。」

「我可以稍微透露一點消息給你。這次的案件由於也牽連到會大喇喇露出長相的劇團成員們，所以涉案人士的真名已經被媒體報導出來了。」

光彌眼中浮現糾結之色。因為，從一位警察口中得知隱密消息，可能會導致自己日後被捲入一些麻煩裡。這個聰明的青年應該知道這一點——然而，好奇心還是戰勝了一切。

「拜託您把消息告我。關於關鍵的『密室』問題，從電視之類的管道根本完全無法得知詳情。」

於是，怜便以媒體報導過的資訊為中心，簡述起這個案件。至於棉被上留有菱木順的痕跡等情報，電視上的新聞雖然被禁止報導，但在週刊雜誌老早就爆料滿天飛了。

「據說談話節目也正在大肆討論，這個案件的起因是一個月前發生的事件……」

怜將那件殺人案的資訊通通講了出來，從白根小春遭人威脅，到此事疑似成為殺死團長的動機。接著，話題推移到這次的案件。從青桐所收到的一封疑似遺書的簡訊到發現遺體的過程，以及死亡現場呈現密室狀態，只要能說的他全都詳細說了一遍。然後，當怜說到遺留在死亡現場的鞋子與帽子時，光彌忽然產生了興趣。

「咦？留在現場的帽子，是白根小姐送給菱木先生的禮物嗎？」

「嗯，沒錯……有什麼不對嗎？」

「不……」

光彌露出沉思某事的神情。

後來，兩人用完餐，光彌將碗盤端到廚房去。由於餐桌的擺放方向正對著流理臺，因此怜可以繼續坐著往下說。

當他說完後，光彌猝不及防地丟出問題。

「白根小姐死亡的時候，臉上有化妝嗎？」

聽到這個問題，怜一頭霧水地回答。

「咦……啊啊，有喔。不少自殺的人都會化妝，所以不能因為她是死在自家裡卻還化好妝，而質疑情況不正常。死前化好妝的女性遺體並不罕見……有哪裡不對嗎？」

光彌沒有回答，只是一邊擦拭著用水沖洗過的盤子，一邊看向怜。

「被列為死亡現場的公寓的廚房裡，該不會有什麼待洗的物品吧？例如盤子或杯子之類的。」

這個問題更加讓人摸不著頭緒了。但光彌格外嚴肅的口氣懾服了怜，怜於是認真回答。

「瀝水架上確實放著一個玻璃材質的杯子。上面沒找到任何人的指紋，所以我們覺得是白根小姐洗完後又把它擦乾淨的緣故。」

「原來如此……」

光彌把最後一個盤子洗完後放到流理臺上，然後，他的眼睛一面看向怜，一面慢條斯理開口道。

「我想到了一個重點。」

「哦，那真是太棒了。你想到了什麼？」

「這個案件的真相。」

光彌平淡至極地說出了這樣一句話。

11

「你騙人！」

怜下意識做出否定，但光彌不慌不忙地回到起居室，同時果斷地說「是真的」。

「當然，我的想法不見得有正中核心，但我真的想到一個重點。」

「只、只靠剛剛那些話？」

「沒錯。非常感謝您告訴我那麼多資訊。」

怜心想，這怎麼可能！過去一星期來，他們警方在現場進行地毯式搜索，在案件相關人士周圍轉來轉去，就是無法找到真相，結果光彌只是聽了情資，就找出了真相嗎？

「請務必把你的想法告訴我……快來坐。」

怜努力把自己差點拔高的聲調往下壓，同時催促光彌說出想法。光彌一邊脫下圍裙，一邊說「那就失禮了」並坐了下來。

「快告訴我，你是從哪一點導出真相的？」

「線索是鞋子。因為是女友的家，所以放一雙備用鞋在那裡也不是不可能，但還是有點不自然，畢竟他們兩人並沒有同居，因此正常來想應該不會有男友的鞋子。」

「但事實上卻出現了。」

怜傾身向前，而美男子緩緩把身體後傾，優雅地用右手捏住垂落的鬢髮。

「沒錯。所以說，菱木先生肯定有前往女友家。然後，他並沒有從白根小姐家裡離開。」

「……我聽不懂你的意思。」

「就是人沒有離開那間房間。窗戶是上鎖的，菱木先生也沒有玄關大門的鑰匙對吧？所以他並沒有離開那間房間。」

怜一頭霧水地揉了揉眉頭，同時擔憂地想，這個青年的頭腦或許有點問題也說不定。不過，光彌本人還是用性感的嗓音不慌不忙地繼續說道。

「衣帽架上的運動帽也算是一項間接證據吧。世上會有人當著女友的面，把她送的物品給遺落嗎？在那之前，白根小姐會生氣吧……因此，菱木先生肯定沒有走出屋子吧。」

「我不懂你的意思。當我們警方抵達的時候，菱木早就不在屋子裡了。」

「啊啊……說的也是，抱歉，是我解說的技巧太糟了……」

光彌稍微撇開視線並抓了抓頭。怜先是用力做了個深呼吸讓自己冷靜下來，然後才問道。

「你認為這個案件的真相是什麼？如果是殺人案，你認為凶手是誰？」

「我不認為這是一樁殺人案。」

光彌的這句話讓怜感到震驚。他們已經證實了這個案件裡，有「死者以外的其他人」介入，但如果不是殺人凶手的話……

「我所想到的結論真的很單純。這是我在聽完您的描述後，腦中第一個浮現的簡單觀點。」

雖然光彌的語氣並不會讓人感到不舒服，但對已經苦惱了很久的怜來說，這種話實在令他火大。

「你別再賣關子了。」

「那我就直說了。白根小姐用來自殺的番木鱉鹼，很可能是菱木先生偷來的。此外，白根小姐的棉被裡找到了他的毛髮與體液，兩人的關係是男女朋友。然後，白根小姐有自殺的動機——話說，連城先生。」

「怎麼了？」

「一個頂著殺人凶手身分四處逃亡的人，最終會走向怎樣的末路呢？」

聽到這種古怪的問題，怜一時間不知該如何反應。不過，他還是誠實地用以刑警身分來說比較妥善的答案來回答。

「不用說，警方當然會持續追捕那個凶手直到最後一刻，只不過有時候無論我們再努力，凶手還是會成功脫逃，或者是在警方把人抓到之前，嫌犯就先自殺了。」

「果然是這樣沒錯……畢竟對嫌犯來說，不是往後的人生一直活在恐懼中，就是在世人的輕蔑目光下過著牢獄生活吧。有罪犯選擇死亡也不奇怪。」

「喂……難不成……」

怜有了不好的預感。他的理智跳出來反駁說不可能會有這種事，然而光彌卻用充滿自信的表情點了點頭。

「菱木先生對自己以罪犯身分活下去的未來感到絕望也不足為奇。換句話說，白根小姐和菱木先生兩個人都有自殺的動機。他們是一起『殉情』的。」

「……怎麼可能！」

「我覺得，這是我所能想到最合適的答案。他們兩人一起吃下毒藥，一起躺到棉被裡迎接死亡。在那時候，菱木先生的毛髮與汗水留在了棉被上。」

「等、等一下，三上！」

怜連忙打斷他。

「如果是這樣，那你說菱木順的屍體消失到哪裡去了？現場只有白根小姐的屍體而已耶。」

「他的屍體被搬走了。在兩人斷氣後，抵達那間房間的某人把他搬走了。發現遺體的那個人，因為某種原因而不想讓他們殉情的事曝光，因此，那個人才會打算隱瞞菱木先生死亡的事。那個人的第一步行動是把杯子收起來，就是在菱木先生吃安眠藥時用過、沾有他唾液的那個杯子。想要分辨出白根小姐的杯子，可以用口紅印來判斷，畢竟她死前已經化好妝了。」

怜原本準備要插話，但又閉上了嘴。因為他想不出自己該說些什麼。

「接下去，那個人把杯子洗乾淨，但又擔心留下了自己的指紋，於是就把杯子擦過一遍。這也是為什麼流理臺上會留著一個『找不到任何指紋的杯子』。」

「原、原來是這麼回事……」

光彌一個接一個提出的推理，怜聽了覺得很有道理。不知不覺間，他聽光彌的推理聽到入迷了。

「最後只剩把屍體搬走了，但這時候，那個人犯了兩個錯誤。一個是運動帽。倘若衣帽架上掛了好幾頂帽子，那麼對方會忽略也是正常的。另一個不用我說應該也知道就是鞋子。把菱木先生的屍體和持有物通通收走的某人，應該並沒有漏掉鞋子，只可惜對方一時失誤拿錯了鞋子。因為菱木先生的腳比成年男性的平均尺寸還小，造成了誤導，所以對方大概是拿走了白根小姐的運動鞋之類的吧。如果一排高跟鞋和有跟包鞋之中，夾雜了一雙比較髒的常用鞋，會把它誤認為男生的鞋子也是正常的。」

「……你已經知道是誰把菱木的屍體搬走的嗎？」

雖然明知這應該是自己要思考的問題，但怜還是忍不住問了出來。光彌的視線微微往下，然後點了點頭。那雙有著纖長睫毛的眼睛稍微垂下的景象，在怜看來代表主人非常難過。

「這是一道很簡單的減法。除去白根小姐自己，擁有備份鑰匙的人有兩個……我們已經知道不是房東了，因為當晚他人在京都，沒有時間把菱木先生的屍體藏起來，而且也沒有那樣做的動機——沒錯，把菱木先生的屍體藏起來的人，就是白根小姐的父親。」

怜一時間說不出話來。他被光彌滔滔不絕的推理所震懾，腦袋無法好好思考。稍微舔了舔唇後，怜問道。

「為什麼他——白根小姐的父親有這麼做的必要嗎？」

「動機方面，以下純粹是我的推測……大概是出於『面子問題』吧？」

聞言，怜恍然大悟。仔細想想，這不是理所當然的嗎。

「就算菱木先生是為了保護白根小姐，但他確實是奪走人命的罪犯。要是被人知道女兒跟那種人殉情，白根先生必定會被揭露真實姓名飽受世人批判吧……因此白根小姐的父親無論如何都想防止這種情況發生吧。」

「那樣的話，他之所以會發現女兒小春的屍體……原因是女兒打給他的電話嗎？」

「應該是吧。他應該是從兩人談天的各個細節裡感受到異常，然後在焦慮不安中加班到九點半把工作做好，再從茨城開車前往女兒公寓……然後，進屋之後發現了兩人的屍體，接著把菱木先生的屍體運走。當時的公寓幾乎沒半個人，搬運屍體應該不是很困難的事。畢竟那是一棟沒有任何保全系統的公寓，且停車場就在白根小姐家的正下方。」

「原來如此。」

怜嘆著氣低喃。這下終於解開了。

過去七天來一直困擾著他的這樁案件的最大謎團終於解開了。

「……這麼說起來，我也能理解白根先生為什麼要傳送那種簡訊了。發出簡訊的話，死亡推測時間的誤差，會使白根小姐自殺的不正常之處暴露在眾人面前，他絕對是在清楚這一點的情況下送出簡訊的……可是，他還是不得不發送。」

「我也是這麼想的。」

光彌輕輕閉上雙眼。纖長睫毛的尖端微微顫抖著，彷彿在為死者哀悼。

「因為他無法放著不管。放任獨生女的遺體留在陰暗冰冷的房子裡，在無人知曉的情況下逐漸腐爛……因此，他才會傳送簡訊給案件發生前，愛女介紹給他認識過的好友。」

12

隔天，怜以自己深思後得出的名義，把光彌的推理告訴了土門。

因為光彌也叮嚀過怜不要說出他的名字，理由是「我的這些想法只不過是一種推理罷了，如果要我負責，我會很頭痛的」。怜覺得這種想法很正常，雖然感到有些內疚，但還是在講述時把所有推理都套上自己的名義。

土門認為這些推理值得思考一番，便把內容也告訴了島崎。聽完所有推理後，她只回答了這麼一句。

「很有道理。」

於是乎，縣警與恩海警局立刻沿著白根小春的父親丟棄了菱木順屍體的線索，開始進行追查。

之後的進展都很順利。警方調查了高速公路收費系統後，發現案件發生當晚，白根的車子曾經在恩海市與茨城縣往返過。當他們把這個事實擺到白根面前後，白根終於死心招供出一切。熟知恩海市地理環境的他，趁著夜晚把菱木的屍體拋棄到山裡。

緊接著警方開始大力蒐集證據，搜查總部又開始忙碌了起來。

在警方把白根以嫌疑犯身分帶走的當晚，怜打了一通電話給光彌。

「嗨，三上，你現在方便講電話嗎？」

怜設法找出空檔，到恩海警局內的吸菸區撥出電話。聽完光彌推理的那個晚上，他以「等結果出來後，我想聯絡你」為藉口，要到了光彌的私人手機號碼。

『嗯，沒問題。』

「雖然明天的新聞就能看到，不過還是先告訴你，你的推理是對的。」

『真的嗎？太好了。』

對方毫無情緒起伏的聲音雖然很殺風景，但總之怜的目的是為了道謝，於是他也語氣平淡地回答。

「這次真的多虧有你的幫忙，謝謝。」

『哪裡……我只是把自己的想法說出來而已。』

然後，光彌似乎有所猶豫，頓了一下才說。

『案情沒有陷入僵局真是太好了。』

「哈哈，就是說啊。」

怜在心底暗暗想起了導致父親死亡的那個案件。

「……下次，可以再請你來我家嗎？」

『什麼？』

「啊，我是說——請你作為家政夫前來。」

『……好的。貴宅所在區域是由我負責的，所以您只要打電話到公司，必定會是由我前往服務。有事您盡可隨時吩咐。』

「謝啦。抱歉，突然打電話給你，再見。」

掛斷電話後，怜吐出一口氣。他背靠著的自動販賣機的震動聲響突然變得很刺耳。

「作為家政夫……」

怜輕聲地這麼低喃。

「或是，作為名偵探。」

第二章

飄散香氣的罪人的問題

1

八月已經過了一半，熱度卻絲毫沒有緩解的傾向。

怜頂著會灼傷皮膚的火辣辣陽光，拿著抹布汗如雨下地擦著墳墓。從位於小山丘上的墓園往下看，整個恩海市一覽無遺，如果天氣沒熱成這樣，會讓人想好好地眺望這片風景。但怜只想盡快結束這次掃墓，因為他全身都被汗打溼，感覺很不舒服。

（不過……盂蘭盆節沒來反而比較好。）

他在心底低語。

現在這裡除了怜沒有其他半個人，因此他可以抱著平靜的心情進行打掃。為了處理上個月市內發生的案件，盂蘭盆節的時候怜相當忙碌，但能脫離俗世濁流休假一下，也別有一番愜意感。

最後，怜總算是滿頭大汗地做完打掃工作。

「我還是請廟方做永久迴向供養吧……」

怜一面發牢騷，一面點燃線香。

然後，他思念起已經雙雙過世的父母。

（如果沒結婚，到我就是最後一代了……我本身也不知道何時會殉職。）

怜的父親曾經也是恩海警局的刑警。

導致他在查案過程中殉職的「恩海市連環殺童案」，從案發至今已經過了六年，卻依然沒有破案。一心一意設法讓已經中止調查的這樁案件再次動起來的怜，為此踏上了與父親相同的刑警之路。然而，縱使如願進入了恩海警局刑事課工作，但身為一介下層員警的他當然什麼都辦不到。

（我可是不會死心的，老爸……總有一天我一定會……）

就在怜祈禱的時候，腦中忽然浮現某個青年的臉。

三上光彌。

怜幾乎每天都會想起那個不可思議的家政夫。

（如果是他——如果是憑著細枝末節的資訊進行推理，就解決了上個月的案件的他，說不定也能從那個案件看出什麼蛛絲馬跡吧……）

做這種想像實在愚蠢。

可是，怜想向光彌提起這個案件的想法卻日復一日越來越強烈。可惜自從那天聽過對方的那番推理後，他便再也不曾直接與光彌見面。即使傳簡訊過去再次表達謝意，也只得到對方一句簡單的「不客氣」，這就是俗稱的「熱臉去貼冷屁股」吧。

因為這緣故，怜最近與光彌變得疏遠了。除此之外，怜雖然很感謝光彌協助警方解決案件，但這個青年身上充滿謎團的部分，還是讓他產生了一些戒備。

首先，他就不太理解這個青年解謎的動機。

光彌曾對發生在恩海市的某劇團團員被殺案件表露過興趣，可是，怜卻從中感受到一種迴異於愛看熱鬧的低級舉動的距離感。並且光彌也說自己對推理小說沒興趣。

聽完推理的那個晚上，怜對光彌優秀的推理能力感到非常驚訝，便問他是不是有在做這方面的進修，結果得到的回答是「或許是我在社會學院專攻的犯罪心理學派上用場了吧」。那時怜全盤相信了光彌的話，但細細思考過後，卻覺得自己當時應該問他為何會對犯罪心理學產生興趣。

（就好像——想去了解罪犯的想法似的。）

漫無邊際地亂想一通後，怜獨自甩了甩頭。對出於學問上的興趣而進行研究的人們來說，這些想像實在太失禮了。

不過，怜想到，自己思索這些事的原因，並非對方的研究領域。

（對了，是三上的那雙眼睛……都是因為三上在詢問、講述有關犯罪話題時，所露出的那種暗沉眼神害的。）

怜瞇起眼睛。

線香的白煙稍微刺痛了他的雙眼。

2

綠燈在眼前轉紅，可是怜只有降低速度卻沒有停止前進。

「進入十字路口。」

上司土門拿著麥克風冷靜地呼喊。兩人所搭乘的警車橫越過紅燈所在的十字路口。

「……沒想到市內又發生案件了。」

土門臭著臉說道。怜則是嚴肅地轉著方向盤，同時回答「就是說啊」。

就在怜趁著輪休日去掃墓的第二天，一個與掃墓日同樣晴空高照的日子，恩海警局收到了一則與爽朗天氣格格不入的悲劇性通知。

從警局開車出發過了大約十分鐘，他們進入了一處幽靜的住宅區。這裡是恩海市內家境較為富裕的人們所居住的區域，占地廣闊的大房子開始嶄露頭角。

「竟然會是強盜殺人案……因為報案民眾只說了這些，所以『強盜』和『殺人』都還有疑點。可是，這個案件恐怕會很棘手。」

土門皺緊了額頭的皺紋並低聲說著，怜也察覺到了那句「很棘手」所隱含的意思。居民會產生的擔憂、該怎麼應付媒體……還有，同一凶手再度犯案。

（我一定要阻止這種事發生。）

他們必須發揮能力，讓這座恩海市盡快恢復和平。

抱著這樣的念頭，怜用力踩下油門。

警車停在一片用高高的鐵欄杆圍起來的土地前，欄杆內有一棟看起來比四周建築更加豪華的房子。

怜與土門走下警車前往大門口，後面的警車也在這段期間一輛輛陸續抵達。

土門按下裝設在堅固大門上的門鈴，過了一會兒後，有一位男子從房子裡走出，一路朝大門跑過來。

「不好意思讓各位久等了。」

那是一個看起來還不到三十歲的年輕男子，他從內側拉開門閂，請刑警們進門。走在最前頭的土門朝對方亮出警徽。

「我是縣警土門。可以麻煩您立刻帶我們去案發現場嗎？」

「當然沒問題，請往這邊走。」

男子帶著伶等一眾刑警，走向他剛剛所在的房子。

「冒昧請問一下，死者與您是什麼關係呢？」

「啊，我忘了先自我介紹一下……」

他抓了抓頭髮。

「敝姓尾花，是這棟房子的主人梶塚老師的責任編輯。昨天為了紀念老師出版第五十部作品，我們幾個最親近的人舉辦了一場慶祝會，然後在天亮後發現了老師的遺體……」

「哦？死亡的梶塚先生原來是作家嗎？」

「是的……」

尾花一邊把玄關大門整個打開來，一邊點了點頭。

「老師是童話作家。」

尾花帶頭爬上位於玄關大廳的樓梯，土門與伶身後則跟著包含鑑識課在內的十位調查人員。樓梯沿著牆壁緩緩彎曲，大廳是採天花板挑高設計，天花板上吊著一盞巨大的水晶吊燈，直接了當地展現出這棟房子的風格。

爬上樓梯頂端後，一條走廊朝左右兩邊延伸出去。尾花指了指左手邊的走廊，那裡並排著兩扇木紋的門。

「裡面那一扇是老師的書房……老師是在書房裡死亡的。」

土門朝鑑識課人員點點頭，他們迅速套上鞋套踏入書房，土門和怜則站在門口探頭看向房內。

左右兩邊牆壁排滿了書櫃，房間盡頭有一張寫字桌。

被害人是趴在木質地板上斷氣的，發黑的血液附著在他黑白髮交雜的後腦杓上。

「是被鈍器重擊致死的吧。」

怜的視線停留在滾落到門板附近的玻璃製菸灰缸，並開口指出。菸灰缸上沾有發黑的血跡。

「似乎是這樣沒錯……在完成鑑識作業前，我們就稍等一下吧。」

土門迅速朝其他調查人員們下達指令。指令內容主要是調查書房下方的窗邊，以及用塑膠布把宅邸大門圍起來。

於是乎，最後只剩土門、怜及尾花留在可以俯視挑高空間的二樓走廊上。

土門轉頭看向尾花開始問話，怜則負責筆記下來。

「那麼，尾花先生，麻煩您把現在這棟房子裡所有人的詳細資訊告訴我。」

「好的——」

尾花一臉緊張地托了托威靈頓框造型的眼鏡。

「首先，請容我先仔細自我介紹一下。我是戒指出版社文藝編輯部的尾花夏彥……已經擔任梶塚老師的責編六年了。」

怜覺得自己彷彿從那嚴肅拘謹的態度裡，看到了對方人品。而且尾花的職業履歷也讓怜轉變了想法，覺得他的年紀說不定比外表看起來還大。謙遜的態度加上以男性來說略為矮小的體格，使得尾花看起來跟怜像同齡人。

「如我方才所言，昨天我們舉辦了紀念梶塚老師第五十部作品的慶祝會……請問刑警您知道梶塚讓嗎？」

怜沒聽過這個人，但土門深有感觸地說「哦哦……」。

「其實我有個五歲的女兒，她正是梶塚先生的大粉絲呢。先前聽到『梶塚老師』時，我就在想該不會是同一個人吧，沒想到梶塚先生就住在這麼近的地方。這真是……回家後該怎麼跟細君說呢？」

土門雖然是一位厲害的刑警，但一講到老婆及女兒的話題就會沒完沒了。怜乾咳了幾聲後，土門似乎想起自己的職務立刻端正態度。

「那麼，總共有幾個人出席慶祝會呢？」

「除了老師的夫人、兒子還有老師自己——其他總共三個人。」

「三個人？還真少啊。」

土門納悶地皺起眉頭，尾花則尷尬地抓了抓頭髮。就在這時候，怜注意到他左手的手背上貼著ＯＫ繃。

「因為老師他是出了名的討厭與人來往。我從前輩那裡聽說過，據說不管是哪一任編輯，工作完成後老師一概不會與他們聯絡。因此，昨天出席慶祝會的只有我和其他出版社的編輯……以及老師的一位作家朋友而已。」

看來，被害人是個相當不好伺候的人。

「慶祝會在晚上九點左右結束，我們分別留宿在一樓的客房。然後，今天早上大家為了吃早餐而聚集在餐廳裡，卻只有老師不見蹤影……老師的夫人去房間叫他，結果發現老師頭破血流死亡了。」

「原來如此……其他人現在在哪裡？」

「大家都在一樓客廳裡。可是，夫人她驚嚇過度……不確定她能不能立刻接受問話。」

「我明白了，不過，還是請先讓我見他們一面吧。」

土門的語氣堅定有力。

3

走下樓梯的途中，怜等人與驗屍官擦身而過。臉色陰鬱的年輕驗屍官與土門彼此以眼神打招呼。

然後，眾人通過大廳，踏上往房子西側延伸過去的走廊。這裡的房間數量很多，光是前往客廳的這條路上他們就經過了二、三扇門。這個區域似乎是讓客人們留宿的客房。

一踏入客廳，怜立刻強烈感受到裡面有一股莫名陰沉的空氣沉滯。

明明有充沛的陽光從巨大窗戶外投射進來，坐在客廳裡的四個人臉上卻都露出晦暗的表情。

他們坐在客廳面對面擺放的沙發上，一邊各有兩個人。當土門一行人從門口踏入客廳時，便察覺到沙發方向正好面對他們的，應該是被害人的妻子與兒子。怜發現那個少年大概才十歲左右，於是為此感到心痛。與此同時，他也注意到少年帶著一副有顏色的眼鏡。

「打擾了，我們是縣警。」

土門打完招呼後，梶塚夫人便搖搖晃晃地站起來。

「拜託你們了……我是梶塚的妻子。」

她深深地低頭鞠躬，黑色長髮有些凌亂，妝容也因淚水暈開，白色上衣的亮眼光澤反而將她襯托得楚楚可憐。

「妳沒事吧，百枝？」

一個留著文雅的八字鬍的中年男性一邊從沙發上起身，一邊開口說話。他長得很高，體格魁梧，看起來說不定有一百九十公分。

「嗯，我沒事。」

梶塚夫人——名字似乎是百枝——嘴上雖然這麼回答，但聲音裡卻毫無活力。中年男性一臉擔憂地扶住百枝的手臂。

「妳用不著勉強自己。刑警的偵訊由我們來回答就行了……妳還是坐下來吧。」

「就是說啊，百枝女士。畢竟老師才剛死去……」

最後一位女生也加入勸說行列。百枝似乎抵擋不住勸說，便搖搖晃晃地坐到椅子上。

「那麼，首先可以先請那邊的兩位自我介紹一下嗎？」

第一個回應土門呼喚的是那位女生。

「我是小綠杏，在一家名叫覆盆莓出版社的公司擔任童書編輯，也負責處理老師的原稿。因為這個緣故，昨天才會被找來參加慶祝會。慶祝會的事你們應該已經聽尾花說過了吧？」

小綠一邊說著，一邊把亂翹的茶色頭髮用手往後梳。圍在她脖子上的紅色圍巾很醒目，讓怜對這位女性產生一種活潑好動的印象。她的年紀看來應該三十五歲左右，性別差異令她的身高不及旁邊的高大男人，但她還是挺直了背，看起來充滿自信。

「嗯，我已經說了。」

坐在遠一點的小凳子上的尾花回答道。

魁梧的紳士接下去做自我介紹。

「我叫做阿部林吾，和梶塚一樣都是童話作家……我和他從大學時的童話研究社就認識了，發生這種事我真的不知道該說什麼。」

他身上穿著短袖襯衫配領帶，是很正式的夏裝。比穿夾克配牛仔褲的尾花更像一個上班族。

接著，土門把視線投向坐在沙發一端發呆的少年，怜也跟著看向他。從少年剪得整整齊齊且帶著光澤的黑髮，以及身上時髦的格紋襯衫來看，能看出他是被呵護長大的。

百枝伸手搭住他的肩膀，同時介紹道。

「這是犬子恭太。」

恭太緩緩轉動腦袋，朝土門等人站立的方向低頭鞠躬，感覺是個很有禮貌的孩子。土門眼露遲疑，然後才下定決心般開口詢問。

「恭太，你知道……爸爸他……」

「我知道。爸爸死掉了。」

恭太用還處於變聲期前的高亢嗓音，口齒清晰地說出這句話。怜大吃一驚，因為少年雖然語氣低落，但用字遣詞彷彿是惋惜一塊掉到地上的點心般輕描淡寫。

——完全不像一個剛知道父親死訊的孩子應有的口氣。

「這、這樣啊。」

土門露出些許震驚，但隨即恢復成冷靜的專業刑警的面孔。

「對了，恭太的那副眼鏡是……」

「我的眼睛看不到。」

恭太一邊輕摸有顏色的鏡片，一邊說道。百枝從旁補充說「他在五歲時發了一場高燒，結果就……」，聲音比恭太更加灰暗低落好幾倍。

「原來如此——是我失敬了。」

為了重振氣氛，土門假咳幾聲，然後用眼神朝怜示意，拜託他寫下筆記。

「那麼，我有幾個問題要問各位，請知道答案的人回答我。第一個問題，據說你們在報案時說這是強盜殺人案，請問做出這個判斷的依據是？」

「因為窗戶被打破了啊。」

回答的人是童話作家阿部。

「就是一樓走廊盡頭的那扇窗戶。它在這個客廳裡的窗戶的正對面，位於房子東側的走廊。應該是有人從那裡偷跑進來了吧？」

「原來如此……晚點我們會去調查一下那扇窗戶。」

土門點點頭，進行下一個問題。

「昨晚，最後見到梶塚先生的是哪一位呢？」

「應該是我。」

百枝舉起了手。

「昨晚……慶祝會在九點結束，之後，我去了梶塚的書房，跟以往一樣把花草茶端去給他……當時他正用電腦寫連載在報紙上的散文。」

「時間是？」

「大概十點半左右吧。」

「……在那之後，有人見過梶塚先生嗎？」

沒人出聲回應土門的問題。

「這麼說來，最後見到被害人的是百枝女士囉。唔……看來要等驗屍官的檢查結果出來才能知道細節了，不過梶塚先生應該是在半夜被殺害的沒錯。」

「這種事還用說嗎。」

滿臉焦躁地插嘴的是編輯小綠。

「凶手就是小偷。那個小偷趁著晚上從那扇破掉的窗戶偷偷爬進來，在房子裡四處亂走，然後在書房跟老師撞個正著，為了封口就把老師殺死了。之後，那個人偷了書房裡的東西逃跑了。你們應該去追捕那個逃跑的小偷才對吧？」

「那方面我們警方已經布署好了，但……遺憾的是，如果把這起案件當作竊賊所為的話，反常的地方實在太多了。」

怜也有注意到這一點。

如果犯下這起殺人案的是竊賊，那殺人現場以外的地方未免太過乾淨無痕了。玄關及走廊也都有放置看起來很昂貴的時鐘和花瓶，如果竊賊的目標是財物，便不可能放過那些物品。況且，只有位於二樓最深處的書房遭洗劫實在極為不自然。

「那、那個……」

出乎意料地，怯怯地開口說話的人竟是恭太。

站在恭太附近的怜搶先土門一步問他「怎麼了嗎」。

恭太緩緩把頭轉往怜的方向，猶豫地開口。

「我可能——有見到殺死爸爸的凶手。」

4

恭太的話讓眾人齊齊愣住。

「等、等一下，恭太……」

百枝慌張不已地從沙發上起身，抓住兒子的肩膀。但恭太很堅定地又重複一次「我有見到」。

「昨天晚上！我去抓逃跑的奇異果……那時候有人從爸爸工作的房間出來。」

「等一下，恭太。」

土門用嚴肅的語氣制止他。

「你先冷靜下來，從頭開始說。我想想……就從慶祝會結束之後開始，詳細告訴我們你做了什麼。」

「好。」

恭太端正坐姿後，慢慢訴說道。

「呃，慶祝會結束以後，媽媽幫我洗了澡……洗完後馬上到我的房間去。媽媽很快就離開房間了，我一個人在聽故事。」

「就是有聲書CD。」

百枝從旁解釋。這時，坐得遠一點的尾花湊過來說道。

「敝公司為了視覺障礙的小朋友，正在推行把故事變成有聲音檔的計畫。梶塚老師除了最新作品外，其他的作品也都有了CD……」

尾花一邊托了托鏡腳一邊熱情介紹，怜伸手制止了他。恭太繼續往下說。

「那個，然後……因為我喜歡故事，所以就一直聽下去。可是，媽媽進來房間，要我去睡覺，所以我就去睡覺了。是十一點左右。」

他用因為所以的作文格式，一小段一小段地把話語串聯起來。

以一個剛失去父親的少年來說，他仍舊鎮定得太過異常了。不過他似乎明白家裡發生殺人案件引來刑警所代表的涵義，整個人很緊張。

「可是……我睡不著，就躺了一下。然後，門外傳來奇異果的叫聲……」

「奇異果是什麼？」

怜開口詢問，恭太立刻回答：「是我家的貓！」

「這樣啊……繼續說。」

「然後，我知道是奇異果逃出來了，所以就起床去抓牠。我無意中摸了時鐘，那時候剛好十二點。」

「摸時鐘」這種說法讓怜很在意，他想像了一下，那大概是為了眼睛看不見的人所設計的時鐘吧。不過，有其他事情更令他在意。土門似乎也注意到同樣的地方，追問道。

「你剛剛用了逃出來這三個字對吧。貓咪奇異果一直都待在固定的地方嗎？」

「是的，奇異果有一個房間。」

少年露出微笑。那抹笑容非常耀眼，讓怜心中一震。這個少年與父親之間的親子關係究竟是怎麼回事呢……

「因為梶塚討厭動物。」

幫忙解釋的人是百枝。

「所以他非常討厭有貓在家裡四處亂跑。可是恭太說他無論如何都想養貓，梶塚敗給了他的堅持，去年把奇異果帶回家裡……他把書房旁邊的空房間定為奇異果的房間，不准牠從裡面出來。」

童話作家不但討厭人類還討厭動物，實在令人夢想破滅。怜在心底暗想。

「那個，然後……我就走出房間了。然後，我在走廊上抓到了奇異果。」

恭太的臉頰微微發紅，嘴巴仍繼續述說。

「然後，我把奇異果帶到房間去。結果，奇異果原本被我抱著，卻突然衝向爸爸工作的房間，發出很大的叫聲。」

或許是只有動物才有的感知，讓奇異果察覺到殺人現場的異狀也說不定——怜想像了一下。

「然後，我走到奇異果旁邊，想把牠抱起來。可是，奇異果一直抓工作房間的門……不過我很努力把奇異果抱起來，把牠帶到牠的房間去。因為被爸爸發現的話會被罵，所以我沒有說話，也對奇異果說『噓——』。然後，工作房間的門突然被打開，有人從裡面走出來。」

少年的描述進入了高潮，大家都屏住呼吸聽他說話。

「所以，我就問那個人『是爸爸嗎？』可是那個人沒有回答我，而且突然往前跑，從我和奇異果旁邊經過，下了樓梯。」

「也就是說你有聽到腳步聲，是吧？」

土門的眉間擠出深深的皺褶，同時緊抓住這個線索不放。

「那個腳步聲是你熟悉的嗎？知不知道是男是女？」

「不知道……我分辨不太出來。不過，有拖鞋的聲音。」

這是很重要的資訊，客廳內所有人都倒抽了一口氣。少年所說的這些描述，除了他本人，其他人全都明白其中的涵義——沒錯，身為小偷還禮貌十足地穿好拖鞋，未免太詭異了。換句話說，從書房裡衝出來的那個人很可能是房子裡的某個人。

「那麼，從你和奇異果旁邊跑過去的人，有沒有什麼其他特徵呢？」

「有的，我有注意到兩個。」

恭太臉頰潮紅，幹勁十足地說道。

「那個人在哭。」

「在哭……？」

怜一頭霧水，又重複了一遍恭太的話。少年用力點頭。

「沒錯。那個人發出了擤鼻子的啜泣聲，所以我就大概知道了那個人不是爸爸。因為，爸爸說過男生不可以哭……我要是哭了，爸爸都會超生氣……」

怜從這句話裡，似乎稍微看出恭太與父親之間的關係。

「原來如此，所以才說他在哭……你注意到的另一個特徵是什麼？」

土門彎下腰靠近少年的臉，用十分認真的表情詢問。結果恭太清楚明確地這麼說。

「他有香味。是柳橙的味道。」

「咦……？你說的柳橙，是水果的那個嗎？」

「是的。」

恭太點點頭，一副這還用問嗎的神情。小綠及阿部滿臉困惑地對視一眼，土門也回過頭與怜對上視線。怜露出納悶的表情。

「柳橙……身上有柳橙香味的殺人凶手。」

怜嘴裡嘀咕著。

就在這時候，玄關門鈴響了。

安裝在客廳牆壁上的監視器螢幕亮了起來。

「我來接。」

百枝搶在其他人出聲阻止前，迅速從椅子上站起身。然而，她走向牆邊的步伐卻帶著一絲躊躇。她拿起話筒開口講話，怜所在的位置看不太到顯示在螢幕上的人。

「喂？啊，我都忘了，謝謝你……警車是……嗯，沒錯。發生了一些事情……那個，可以麻煩你稍等一下嗎？」

百枝把話筒掛回去，然後轉身面向兩位刑警。

「固定到我們家工作的管家來了，怎麼辦？」

「這個嘛……」

土門稍微思索了下。

「既然人都來了，我也有問題想問問他，先把人請進來吧。連城，可以麻煩你去接人嗎？抱歉，也麻煩你把訃聞告知對方……」

土門一臉不放心地看著怜，畢竟這個任務絕非「小事一樁」，怜用力點頭回應。

接著，怜走出客廳，前往玄關。大門口處已經有刑警們依照土門的吩咐，用塑膠布把門圍起來，他朝門口的方向跑過去。

然後，他一掌揮開塑膠布，與站在門口的人迎面對上。

「咦……？」

「連城先生……」

來人竟是家政夫三上光彌。

5

在走向玄關的途中，怜把訃聞告知了光彌，也事先告訴對方，警方正朝小偷與私怨這兩條線索進行調查。

「你在這個家負責什麼工作？」

「我被僱來做清掃工作，從上個月開始，一星期兩次。」

光彌豎起兩根纖細修長的手指。

「梶塚先生非常照顧我，發生這種事真是遺憾。」

他放低聲音說道。可是，怜卻覺得這句話聽起來似乎不帶任何感情，讓他對眼前的青年依舊有一些不信任。

一踏入玄關，光彌立刻皺起眉頭，手指抵著下顎陷入沉思。然後，他詢問怜。

「如果這樁殺人案是小偷所為，您認為凶手是從哪裡潛入的呢？」

「據說一樓東側走廊的窗戶被人打破了，但我們尚未進行確認……」

「然後，凶手在二樓盡頭的書房裡殺了梶塚先生……真奇妙。」

光彌指了指放在鞋櫃上的座鐘。鑲在柱上的水晶很顯眼。

「也就是說，小偷放著這種貴重物不拿嗎？」

「很古怪對吧。我們也注意到了這一點。」

「而且，地板也太乾淨了。」

光彌移動手指，指向大廳的地毯。

「我不覺得一個入侵者會遵守禮儀把鞋子脫掉……」

「其實，小偷們大多會直接穿鞋進屋，為了方便逃跑。不過，因為討厭留下腳印而脫鞋的罪犯也不在少數，所以也不能一口咬定這情況不正常。」

「原來如此。」

光彌滿意地點點頭，踏上走廊。

兩人進入客廳，光彌朝坐在沙發上的百枝及恭太走過去，百枝僵硬地鞠了個躬。

「謝謝你過來一趟，三上先生……不過，今天不需要打掃了。」

或許是因為內心不安，百枝告訴光彌不用她說也能自己看出來的事實。

「請您節哀。」

光彌用冷淡的聲音進行問候。然後，他迅速朝著恭太蹲下。

「三上哥哥！」

縱使臉上帶著暗色眼鏡，大家也能清楚看到恭太瞬間露出高興開朗的表情。

「恭太平安沒事真是太好了。」

光彌瞇起眼睛，摸了摸恭太滑順的頭髮。恭太也安靜地伸出雙手，準確地找到光彌的臉頰位置並觸摸。從旁觀者角度來看或許會被這一幕嚇到，不過這應該是恭太獨有的溝通方式。

只不過怜最感到震驚的，其實是光彌的神情。他露出了怜不曾見過的恬靜笑容，溫柔地撫摸恭太的臉。

「……請問您就是在這個家擔任管家的人吧？」

看到出現的人是一位年輕男子，土門一臉意外，但還是冷靜地詢問光彌。光彌維持著臉被恭太用手夾住的姿態，回答「是的」。

「我是恩海警局的土門。我想換個地方詢問您一些問題，可以嗎？」

「好的。」

光彌如是回答後，輕輕碰了碰恭太捧著他的臉頰不放的手。

「恭太，我要去跟警察講一下話，晚點再過來，好嗎？」

「……好。」

恭太雖然看起來很不滿，但還是放開了手。

「那麼，請各位留在客廳這裡等候。」

土門向大家宣布。

然後，怜等人走出客廳，留下五個人在裡面。

門一關上，怜馬上開口朝光彌說道。光彌一邊輕摸綁起來的頭髮，一邊回答「嗯」。

「你跟恭太的感情真好。」

他直接了當的語氣，又讓怜吃了一驚。

「原來你喜歡小孩子啊，真讓人意外。」

因為光彌態度冷漠沉默寡言的模樣，讓怜以為他會是在餐廳看到小孩子大吵大鬧時，二話不說就轉頭離去的類型。因此，他完全沒想到光彌會對恭太露出那麼柔和的表情。

「您說的意外是什麼意思呢？」

光彌半點微笑也不給地詢問。他的神態看起來既不像生氣，也不像害羞，就只是單純地質問。

「沒什麼……抱歉，只是我的個人印象。是我失禮了，對不起。」

「不會，我沒有覺得不舒服。」

光彌淡淡回答道。他的態度真的很冷漠，似乎面對大人時都很冰冷。

當怜這麼暗忖時，土門來回看了看他們兩人，面露疑惑。

「怎麼了，連城，你和他認識嗎？」

「是、是的。老實說，我也曾經請他來家裡做過家事服務。」

說出口之後，怜才發現事情不妙。被上司知道他一個單身漢居然在使用如此奢侈的服務，實在有點丟臉。但土門卻興致勃勃地摸著下巴說「哦」。

「現在果然是能輕鬆委託這種工作的時代了。我家細君好像每天也都為了家事忙碌不已，我也許該好好考慮使用這種服務了。」

「敝公司的ＣＰ值很高喲。」

光彌依舊面無表情，用單純報告一項資訊般的語氣說道。

土門似乎把它當成開玩笑，臉上露出了微笑。接著，他表情一肅。

「你叫三上對吧？這棟房子裡除了客廳外，有其他地方可以讓我們靜下來好好說話嗎？」

「走廊另一邊有間視聽室。」

「……好，那我們就借用那裡吧。」

三人越過玄關大廳，朝建築物的東側移動。這條走廊很長，盡頭有一扇窗戶，可以看到陽光從那裡照入屋內。走近之後，他們發現窗戶有一部分玻璃碎掉了。

「原來如此，就是這裡嗎？大家說的那扇破掉的窗戶。」

土門一邊摸著下巴，一邊來回看著散落在地毯上的玻璃與窗戶。

「應該是。而且窗戶半開，凶手應該是從這裡進出的吧。」

怜指著呈半開狀態的窗戶說道。結果，光彌從後方插嘴說「真奇妙」。

「什麼東西很奇妙？有哪個地方跟平時不一樣嗎？」

土門沉著地詢問，光彌卻搖了搖頭。

「飛散到地板的窗戶玻璃維持原樣不變。」

「維持原樣不變？」

彎下腰注視著地毯的怜頭上，傳來光彌的解釋。

「玻璃碎片依舊維持著飛散到地板上的完整模樣。如果有外人從這裡進入屋內，他的腳應該會踩到玻璃碎片不是嗎？但這裡無論怎麼看，都不像有人從飛散的玻璃碎片上通過的樣子……」

「原來如此，很棒的著眼點——總之，讓鑑識人員來調查一下就知道了。」

土門滿臉笑容。大概他也打算牽制以外行人身分插嘴干涉的光彌吧。

但相對地，光彌卻使出另一個殺手鐧。

「大門的門鎖沒有鎖上嗎？」

「什麼意思？」

土門反問道。光彌一臉面無表情，心裡似乎覺得很無聊地垂下纖長的睫毛，並同時回答。

「如果利用窗戶高度進行跳躍，兇手或許能在不踩到碎片的狀態下入侵屋內，但當他要離開屋子時就不能這麼做了。他一定得踩過碎片才行……因此，兇手要離開屋子時，警方不覺得他從玄關出去的可能性比較高嗎？我不認為兇手會特地進入其他房間，去冒與這棟房子的人迎面相遇的風險。」

「你真是厲害。總覺得你好像很懂得犯罪者的心理……」

土門一臉驚嘆地說，說完之後才假咳了一聲。

「唉，抱歉，我的表達可能不太恰當。」

「不會……」

光彌置若罔聞，打開身邊的一扇門。

「我們進去吧，這裡就是視聽室。」

6

視聽室裡，土門和怜對光彌進行偵訊。

首先是有沒有人怨恨被害人梶塚，其次是梶塚與百枝的夫妻感情如何、與編輯關係好嗎。

光彌每次回答都很冷漠。他不知道有誰怨恨梶塚，沒見過梶塚與誰吵過架，見過一次編輯小綠造訪這裡，但沒看到兩人有起爭執。

他們談話的途中，檢視完遺體的驗屍官曾來進行報告過。

「我明白了，你提供的資訊很有用。」

偵訊結束後，土門向光彌道謝，然後一直盯著他的眼睛看。

「怎麼了？」

坐在凳子上挺直背脊的光彌露出疑惑的表情。

「那個，如果方便的話，等一下可以請你一起來殺人現場嗎？」

聽到這個提議，怜也吃了一驚。

「假如小偷有偷什麼東西，從殺人現場的書房偷走的可能性很高。你應該為了打掃或其他緣故進去過那裡吧，所以我希望你去看一下，看看有沒有東西不見。」

「原來如此，好的，我明白了。」

光彌用平常那種過度客氣的語氣回答。

三人從沙發上起身，走出視聽室，然後爬上樓梯前往二樓。在爬到最高一個階梯時，他們碰到了鑑識課人員。

「土門警部補，現場調查完成了。」

身上制服顏色偏藍的鑑識課人員一面把文件夾板遞給土門，一面報告。土門啪啦啪啦地翻閱著裝釘起來的紙張，同時回應「辛苦你們了」。

「抱歉，接下來能不能麻煩你們去調查一樓走廊的窗戶玻璃？就在下樓梯後左側走廊的盡頭。」

鑑識課成員們遵照土門的指令走下樓梯。光彌一邊目送他們離開，一邊喃喃低語。

「……警察們即使這麼努力，也還是會有懸案產生呢。」

「我不會讓這個案件變成那樣。」

怜憤然回答。

被害人遺體還在書房裡。不過，光彌絲毫不為所動地一直盯著遺體看。明明不可能對這種場景司空見慣，光彌的表情卻變都沒變過，令怜產生一股難以言喻的害怕。

「如何，三上先生？」

土門朝房內努了努下巴。

「有什麼異狀嗎？」

「被弄得一團亂。」

光彌的手指朝散落在地板上的書和紙鎮一一指過去。土門苦笑了下，手指抓了抓太陽穴。

「這種事大家看就知道了。」

「被當成凶器的這個菸灰缸，平時都放在那裡。」

怜把臉轉向光彌所指的那個地方。那是擺在牆邊的一個書櫃——的最上層。

「原來如此，確實只有這裡是空的……可是，這個位置真奇怪。」

怜踮起腳尖看著菸灰缸原本放置的地點。以平時放置菸灰缸的習慣來說，這個地點非常不方便拿取。

「據說梶塚先生幾年前都還會抽菸，不過某一天就徹底戒掉，後來變得很討厭香菸。但那個菸灰缸不知道是很貴重還是帶有某些回憶，所以就被留下來了。」

似乎是被光彌慢條斯理的解說弄得有些不耐煩，土門發出咳嗽聲。

「我都明白了，三上先生。那麼，房內有東西不見嗎？」

「啊啊，對了——我可以到裡面去確認一下嗎？」

「當然可以。」

光彌啪嗒啪嗒地踩著拖鞋，從木質地板上走過去，然後，他望向放在房間最裡面的桌子的桌面。上面除了桌上型電腦，還放著筆筒、電子辭典。光彌又看向地板，紙鎮和USB隨身碟散落在地上，似乎是被凶手給弄亂的。

「我可以摸一下嗎？」

光彌不知從哪裡取出了橡膠手套，一邊套到手上一邊詢問，土門聳了聳肩同意了。光彌用戴了手套的纖細手指抓起來的，是看似鐵製的黑色紙鎮。

「紙鎮怎麼了嗎？」

怜開口一問，光彌便指了指木質地板。

「請看那邊。地板上沒有刮痕……明明是沒有鋪地毯的木質地板。」

「真奇怪。」

土門摸著下巴說道。「我猜……」光彌繼續往下說。

「這個紙鎮可能不是從桌上被撞飛的——而是凶手拿起來，從不是很高的地方丟到地上的，所以才沒造成刮痕。」

「凶手為何要做那種事？」

怜一邊靠近桌子一邊問，土門揚聲說「喂喂」。

「振作一點，連城巡查部長，原因不是顯而易見嗎……這是凶手所做的偽裝，為了假裝桌上被小偷翻得一團亂。」

「是凶手不想讓樓下的人聽到奇怪的聲音吧。」

光彌一副愛理不理地解說。聞言，土門再一次發出比先前更大聲的假咳。

「啊——三上先生，不好意思，可以麻煩你檢查一下有沒有東西不見嗎？還是說你其實不太記得這裡有什麼呢？」

「不，我記得很清楚。只要是我清掃過的房間，我就不會忘記。況且這個房間我不只進來一次，而是四次。」

接著，光彌正式開始環視房內。

他看也不看背後橫躺在地的屍體，視線掃過書櫃，偶爾會來回比對書櫃上的空格與掉在地上的書。怜驚嘆地想，難道他把放在書櫃上的書通通記住了嗎？光彌一步步慢慢地朝走廊方向走過去，然後，在房門附近的某個櫃子前停下了腳步。

在這個放滿書櫃的房間裡，獨獨這個櫃子放著獎盃與獎牌。有一個獎盃掉在地上，光彌盯著它看了一會兒，面露不解。

「有什麼東西不見了嗎？」

怜一問，光彌馬上搖了搖頭。他的指尖指向櫃子一角，那裡排放著十個褐色小瓶子，每個瓶子都小小的，高度大約只有五公分。

「那些瓶子是什麼？」

怜不解地詢問，光彌回答「是精油」，並拿起一個瓶子。

「梶塚先生很熱愛這個。聽說只要嗅聞這些香氣，就能產生各種效果。譬如說，薄荷精油可以提升專注力，薰衣草精油則能讓人放鬆……」

「所以說，那些精油怎麼了嗎？很昂貴嗎？有哪瓶不見了嗎？」

平日的土門絕不可能沒耐性，現在卻好像被光彌處處語帶玄機的口氣弄得煩躁了起來。另一方面，光彌仍維持原本的態度繼續往下說。

「不，全部都在。只不過它們跟平日一模一樣，完全一樣。」

「原來如此。」

土門點點頭，來回看了看地板與櫃子。

「的確，獎盃都掉到地上了，瓶子卻維持原貌，實在很奇怪。這果然是因為凶手害怕其他人聽到瓶子摔碎的聲音吧。」

「沒錯。而且，精油即使只有少少幾滴，也會散發出很濃烈的氣味。要是瓶子摔破，味道肯定會流洩到走廊外。」

說完，光彌從褲子拿出手帕，然後當著大家的面，把手中的精油滴到印著時髦幾何圖案的手帕上。怜與土門把臉湊過去，嗅聞其味道。那是一種難以形容的氣味——怜聯想到了廁所芳香劑——但味道濃烈久久不散。

「這是迷迭香吧。」

土門回答道，光彌露出微笑。

「您真內行。」

「因為細君有在院子裡種植這個，而且我也喜歡這股香味。」

「啊！」

怜想起一件事，叫了出來，然後詢問光彌。

「三上，這裡面有沒有柳橙香味的精油？」

「有喔。」

「啊，你別碰。」

怜制止光彌，自己朝櫃子伸出手。柳橙精油放在櫃子比較靠內的位置。

「該不會就是這個沾到了凶手的衣服吧？」

「啊啊……我懂了。」

土門用戴著手套的手拿起瓶子。光彌以眼神詢問怜這是怎麼一回事。

「恭太有遇到凶手，還提供了供述說凶手身上散發出柳橙的味道……」

「恭太嗎？」

光彌露出震驚的神色。這是怜第一次看到光彌露出的表情。那是一種混雜了驚訝以及恐懼的表情——從光彌平日的反應，很難想像他會露出這種表情。

「是、是啊……不過，如你剛才所見，恭太平安無事啦。」

「請等一下。你們從恭太口中聽到這些資訊後，又讓他跟其他人一起留在客廳裡嗎？」

光彌皺起眉毛，幾乎對怜怒目而視了。

「我想兩位大概也都注意到了，凶手可能是這棟房子裡的人。從現場狀況來看應該很清楚吧？凶手為了封口而攻擊恭太的可能性很高，結果你們卻沒有派人進行監視嗎？」

「喂，三上！我明白你想表達什麼，但你的說法太過分了吧？」

「別說了，連城。」

怜朝光彌的方向傾身向前，土門抓住他的肩膀。

「你的指責沒有錯，三上先生，是我考慮不周。我會立刻派人保護恭太——好了，書房已經檢查完畢，請你離開這裡吧。」

「……好的。」

7

三人離開書房，走下樓梯。

途中，怜在光彌的詢問下，說出了恭太和凶手近距離擦身而過時的詳細情況。當說到「凶手在哭」的時候，光彌的手指抵著嘴唇，露出沉思的神態。

身邊。

怜一行人回到了客廳裡。在大人們不安的視線注視下，兩位刑警與家政夫走到了恭太

「啊，三上哥哥。」

恭太慢慢摸索光彌的手的位置，然後緊緊握住。

「聽我說，恭太，警察叔叔他們好像有事情想問問你。」

光彌緩慢地開口說道。

為了讓兇手領悟到現在封口已經為時已晚，光彌故意在嫌犯們面前進行這項實驗——這是出自土門的提議，光彌也沒有表示反對。在土門的眼神示意下，怜往前踏出一步。

「恭太，你先前說自己和兇手擦身而過的時候，聞到了一種味道……」

怜很慎重地挑選詞彙進行說明。

「叔叔希望你確認一下，是不是這個味道。」

他邊說，邊把他們懷疑的精油撒在面紙上，再讓恭太拿住面紙。少年戰戰兢兢地把鼻尖湊近面紙，嗅聞味道。

「就是這個！就是這個味道！」

恭太的語氣充滿自信。

「這是怎麼回事？」

出聲的是編輯小綠。

「意思就是……離開書房的兇手身上散發出這種精油的味道。」

怜開口說出了不言而喻的事實。

「其實我也有看過一眼，那個房間好像被翻得一團亂……應該只是破掉的瓶子香味沾到小偷衣服上而已吧？」

阿部一面摩挲著八字鬍一面發言。

「不，瓶子並沒有破掉。」

「可是，這件事很重要嗎？」

尾花坐立不安地邊摸眼鏡鏡腳邊問。

「我實在想不出這其中有什麼意義……」

「對了，梶塚夫人，請問梶塚先生都是在什麼時候使用精油的呢？」

土門無視尾花，朝百枝開口道。

「這個嘛……我只能說很多時候都會用。例如他想專心工作的時候，或是反過來想放鬆心情的時候，梶塚會配合情況享受那些香味。」

「在客人面前也是嗎？」

「是的。」

「您到底想說什麼？」

小綠皺著眉頭質問，土門看向她，語氣果斷地告知。

「凶手身上會散發出精油的味道……也就代表他曾與主人梶塚一起享受過精油的香氣吧——我想說的就是這個。」

土門果斷地說完後，客廳裡的人們都露出了震驚的表情。

「也就是說，凶手就在我們之中——您想這麼說吧。」

面對阿部直率的指摘，土門點了點頭。

「說到底這都只是推測罷了。不過，屋內的小偷入侵痕跡實在太少了，少到很不正常。」

「可是，走廊的玻璃……」

尾花插嘴發言，但土門很果斷地說「有可能是凶手做的偽裝」。

這時，光彌很焦躁地急促吐了口氣，然後以手勢打斷話題。

「那個，不好意思……我可以和恭太一起轉移到其他房間去嗎？」

聞言，怜這才注意到，他們的話題並不適合在小孩子面前討論。

「也對，拜託你了，三上先生。你可以去對面的房間。」

百枝硬擠出一個笑容，並輕輕碰觸恭太的肩膀。

牽著恭太的手邁步往外走的光彌，朝怜投去一記銳利的視線。

「咦……怎麼了？」

「請您過來，連城先生。您要來保護恭太吧？」

光彌的眼神與其說是越來越銳利，不如說是漸漸有了水氣，怜聳了聳肩跟著走了。

「好吧。」

光彌和伶帶著恭太進入對面的房間。

房內鋪滿了看起來很柔軟的地毯，玩具整整齊齊地沿著牆邊排列。面對庭院的窗戶下方放著矮矮寬寬的書櫃，上面擺滿了書。從書背上特別大的文字來判斷，應該是童書。

「這裡是陳列梶塚先生的作品及相關商品的房間。」

「哦……還真壯觀耶。」

聽到光彌的解說，伶發出佩服的嘆息。看來，身為童話作家的梶塚已經擁有屹立不搖的地位了。

「這個房間也沒有被小偷弄亂的痕跡。」

光彌一邊把恭太牽引到粉紅色的夢幻矮凳上，一邊犀利地指出。

「是啊……對了，三上，你是有什麼話想對我說嗎？」

「什麼？」

「因為你特地把我叫到這個房間來。」

「不……我沒有話要說。」

見光彌一臉意外地聳聳肩，伶有種失望的感覺。

「可是，見過凶手的恭太並不是絕對安全的吧？」

「這麼說也沒錯啦……」

相較於發愣的伶，光彌的表情非常嚴肅認真。那張臉看著看著，伶開始擔憂起光彌的這股執著。然而，正當他想開口詢問的瞬間，恭太說話了。

「三上哥哥！快過來！」

「好，好。」

光彌緩和表情，坐到恭太身邊。自己真的必須待在這裡不可嗎？怜稍微有點煩躁起來，但光彌說的對，如果等恭太出事一切就太晚了。於是他在心底暗自決定，等一下要把部下不破叫來，任命他當少年的護衛。

「三上哥哥，念書給我聽。」

「咦？念哪一本？」

「我想想……就爸爸最新的書。它還沒有CD，所以我還沒看過。」

「咦，這樣呀。書名是什麼？」

「呃……是《熊之子和彩虹谷》。」

光彌抱著悠閒的心情，一面溫柔地回應恭太，一面轉頭看向書櫃。閒得發慌的怜眺望著掛在牆上的畫。那是一幅筆觸很溫馨柔和的水彩畫。

「據說那是百枝女士所繪製的插圖原稿。」

在書櫃上找書的光彌瞥了怜一眼後，主動開口朝他說道。

「咦，原稿……插圖是由百枝女士畫的嗎？」

「沒錯，據說一直是梶塚先生寫文章、百枝女士幫文章畫插圖。我聽說其實梶塚先生也會畫畫，百枝女士也會寫故事，所以他們也各自出版過個人著作。」

接著，光彌轉頭看向恭太。

「恭太，這裡好像沒有那本書喔。」

「啊，是喔……」

恭太很失望，聲音低了下去。然後，他似乎突然想起了什麼，表情亮了起來。

「我想去奇異果的房間！」

真是一個不按常理出牌的提議。小孩子特有的反覆無常讓怜不自覺想微笑，但他覺得自己不應該再繼續跟著亂跑了。可是，光彌卻已經牽起恭太的手，開始朝房門口走去，怜也不得不陪在一旁。明明現場調查都還沒時間去做，我究竟在這裡幹嘛啊？怜對自己感到很無言。

在光彌的輔助下，恭太踩著穩穩的腳步往前走。縱使眼睛看不見，他對家中的構造應該也知道得清清楚楚吧。

他們爬上樓梯，彎過走廊，朝變成凶殺案現場的書房方向前進。

「喂、喂……不能隨便亂靠近那裡啦……」

走到這裡，怜突然反應過來，想要制止他們。但光彌無視他的話，推著恭太的背。看來他也有相當固執的一面。

光彌打開房門，恭太也走進了位於凶殺案現場隔壁的「奇異果的房間」。

「小心被罵喔……」

怜跟在後面悄悄走進房裡。

這是一個和書房同樣寬闊的房間。裡面沒有桌子椅子，家具只有靠牆擺放的書櫃而已。不愧是作家的宅邸，家裡四處都有書櫃。然後，房間正中央坐著一隻生物。

在怜的想像中，這座宅邸如此奢華，養的貓應該會是高傲的俄羅斯藍貓之類的，但依偎到恭太腳邊的貓卻長著褐色與白色的毛，顯然是一隻米克斯貓。

「奇異果。」

恭太發出很高興的聲音，撫摸著把臉頰靠在自己大腿上的貓咪頭顱。奇異果發出了覺得舒服的喵喵聲。

「這隻貓咪平時都是你在照顧的嗎？」

怜半開玩笑地詢問，結果恭太回答「是我跟媽媽」。

「因為我的眼睛看不到，所以很多事情沒辦法做。」

「這樣啊……」

怜感到有幾分愧疚，但恭太卻沒什麼消沉的神態。

「不過真是太好了，奇異果，你看起來好像沒事了。」

恭太這麼喃喃低語道。光彌耳朵很尖地聽到了，問他：「咦，發生什麼事了？」

「昨天啊，在我遇到從隔壁房間出來的怪人時，奇異果牠用力地嚇了一大跳。原本我把牠抱在懷裡，可是在那個人出現的瞬間，奇異果突然掙扎了起來……」

聞言，光彌倏地瞪大了眼睛，然後摩挲下顎陷入沉思。

「或許是因為奇異果感受到凶手身上不尋常的氣勢吧。」

怜試著這麼回應，但光彌卻只是曖昧地回答「或許吧……」。怜覺得他的反應很奇怪，但還是改變了話題。

「不過，不喜歡動物的梶塚先生竟然會把貓咪養在自己工作房間的隔壁……」

這段低語只有光彌聽見。因為他人就站在怜附近，離貓咪及恭太比較遠。

「據說是因為沒有其他空房間了。梶塚先生他嚴厲吩咐我『要把走廊打掃到連一小片貓皮屑都沒有的程度』。」

真是有夠不親切的回答方式。多希望對方可以把面對恭太時的溫和表情，也分一點給大人！正當怜這麼想的時候——

「刑警先生。」

房門口突然響起聲音，怜轉過頭去，發現小綠杏正站在那裡。

「小綠小姐，請問怎麼了嗎？」

「土門警部補在找您，所以我來幫忙傳話。」

「不好意思，勞煩您特地過來。」

「哪裡，其實我也正在找機會離席。一直待在同一個空間裡，感覺快窒息了。」

說完，小綠把瀏海往後撥。

「啊啊，不是……我不是指客廳空氣不好，或是彼此之間的氣氛很糟的意思喔。我沒有其他意思。」

怜並沒有多想什麼，但小綠已經迅速掩飾自己的失言。見狀，怜決定稍微試探一下。

「小綠小姐與梶塚先生認識很久了嗎？」

「算很久還是不久呢……我沒有特別感覺，不過我們已經認識五年左右了，這座宅邸我也來過無數次了。」

「那麼，我想請教您一下，他們夫妻關係如何呢？」

「討厭，你懷疑凶手是百枝女士嗎？不可能的啦。」

小綠似乎顧慮到在房間角落與奇異果嬉戲的恭太，降低了自己的音量。

「據說她是透過大學的童話研究社與老師認識的，兩人已經結婚大概二十年了，她怎麼可能到現在才想殺死丈夫呢……」

「『到現在』的意思是？」

怜抓住了小綠的語病，小綠一臉煩躁地用手指撥弄圍巾，同時更加壓低音量地說。

「……聽說老師在年輕的時候，男女關係有點混亂，不過最近這十年來已經收斂了。應該是恭太的誕生帶來很大的影響吧。嗯，沒錯，都已經有了恭太，她不可能還做出親手殺死丈夫的愚蠢行為的。」

「話說回來，為什麼您只稱呼梶塚先生為『老師』，卻不這麼稱呼百枝女士呢？她也是一位插畫家吧。」

光彌也壓低了聲音，朝小綠丟出問題。家政夫突然插入對話，似乎讓小綠嚇了一大跳，但她還是直率地回答。

「這是因為老師他……我是指丈夫梶塚老師他不喜歡。他討厭自己的老婆和自己一樣被稱呼為『老師』。」

這種感性已經超越怜的理解範圍了。但光是從方才聽到的小故事裡，也能窺見梶塚不符合時代的女性觀，讓怜感到有點不舒服，從而聯想到小綠本身是不是也曾遭遇過討厭的經歷。他差點武斷地想，這種事變成殺人動機也不奇怪。不過，眼前的小綠話語平和，看起來不像有那種經歷。這時候，怜突然想起一件事。

「對了，您剛剛有提到童話研究社，莫非阿部先生他也是……」

「嗯，沒錯，阿部老師和梶塚老師是同學。啊，不過百枝女士和老師兩人差了十歲喔。梶塚老師大學畢業後立刻就出道了，據說因為以畢業的專業作家身分回大學演講，後來頻繁在學校露面。老師正是那時候認識了百枝女士而後結婚的。所以說，阿部老師應該是在梶塚老師與百枝女士結婚之後，才與她認識的吧？」

「那阿部先生與梶塚先生的關係……」

聽到這個問題，小綠很不悅地皺起眉頭。

「我並不喜歡打聽別人的八卦……不過，他們之間應該沒有任何摩擦。最重要的是，如果關係變得很糟，斷絕往來不就好了嗎？兩位老師並沒有工作上的往來，所以他們隨時可以絕交。」

怜覺得小綠說得很對，便轉變問題。

「那麼，梶塚先生與其他責任編輯有發生什麼工作上的糾紛嗎？」

「我不曾聽說過……身為嫌犯之一的我說這種話，也沒什麼說服力吧？反正等一下請您也去問問尾花吧。」

說完，小綠便轉過身背對怜。

「好了，土門警部補的傳話我已經帶到了——啊，對了，我想抽根菸，請問可以去外面一下嗎？」

「呃……您非得特地到外面去抽菸不可嗎？」

「因為老師他很討厭菸味啊。明明幾年前他自己都還在抽……所以這棟房子裡全面禁菸。」

「唔……您說的也對。能不能請您先問問土門前輩呢？因為這件事我不能擅自決定。」

怜覺得自己連同意嫌犯抽一根菸的權限都沒有，實在很丟臉，不過小綠卻說「我知道了」，然後揮揮手走掉了。

「那個，警察叔叔……」

恭太踩著平穩的腳步朝怜走過去，並開口說道。

「嗯？怎麼了嗎，恭太？」

「我想餵奇異果喝水……」

喵——房間角落傳出貓叫聲。他——或者是她——的面前放置的塑膠容器裡，很可憐地沒有一滴水。

「唔……這個嘛，接下來警察可能也會去調查洗手臺耶。」

「那連城先生可以去幫忙裝一下水嗎？」

光彌很乾脆地說。怜不自覺皺起了臉。

「沒想到你還挺愛隨便使喚人的，明明是個家政夫。」

「我只是覺得，事件相關人最好別隨便亂碰東西比較好。我會陪在恭太身邊的。」

怜總覺得自己好像被算計了，但還是聽話地照做，因為爭論只是白白浪費時間。可是，當他在二樓洗手臺把水裝進塑膠容器，再送回奇異果房間的途中，腦中冒出了自己究竟在幹什麼的想法……一股更強的無力感襲上心頭。

「謝謝警察叔叔。」

回到房間後，恭太笑咪咪地朝怜道謝。一看到那張笑臉——雖然只是藉口——怜覺得自己剛產生的無力感稍微減緩了。小孩子真是不可思議的存在。

「好了，我們已經餵奇異果喝水了，現在差不多該回樓下去……喂，三上？」

怜開口呼喚佇立在房間角落翻書的光彌。

「你在幹什麼啊？這時候看什麼繪本。」

「說『什麼繪本』很失禮喔，這可是梶塚先生的新書呢。」

「咦？就是剛剛一樓展覽室裡找不到的那本嗎？」

「沒錯。」

光彌把那本長方形的繪本封面拿給怜看。封面上寫著大大的標題《熊之子和彩虹谷》，還有可愛的小熊插圖被那幾個文字圍繞起來。

「哦，原來在這裡啊。明明下面的展覽室沒有這本書。」

「這本書被夾在書櫃和牆壁之間……因為先前他們沒有吩咐我打掃這個房間，所以我直到現在才發現。」

光彌用手輕輕拍了拍繪本封面。

「都沾到灰塵了……明明是新書，為什麼會放在這種地方……」

「應該是原本放在書櫃上方，後來掉下去的吧。」

怜指了指光彌身旁的書櫃。那個書櫃很矮，裡面沒有放多少東西，看起來可以輕鬆搬動。光彌望了望那個書櫃後，輕輕點了下頭。

「原來如此……我懂了。」

「三上哥哥！念那本給我聽！」

恭太忽然說出無厘頭的要求，並且在原地端正坐好。怜啞口無言地在一旁注視著他，沒想到更令人跌破眼鏡的是，光彌立刻答應了，並且在恭太前面坐下來。光彌先朗誦出書名與作者名字，然後開始朗讀內容。由於沒必要讓恭太看文字，所以他把書朝著自己。

「有個地方有一隻非常可愛的熊之子，他是從小森林來的可愛小幼熊。熊媽媽非常非常寶貝地養育熊之子。這天早上，熊媽媽對熊之子說『真是的，你的衣服穿反囉』——」

「三上！」

怜終於回過神來，狠狠喝斥。光彌一臉茫然地回頭看他。

「你露出『一臉茫然』的表情我也很困擾啊。我們該下去了，土門前輩在找我……恭太也一起下樓吧？繪本晚一點再讀，我們必須把殺死爸爸的凶手抓起來才行。」

「……好。」

恭太格外乖巧地回應，並沒有鬧脾氣，反倒是光彌鬧彆扭地嘟起了嘴。怜暗想，今天真是從光彌臉上看到許多令人意外的表情。

於是，三人離開了這個房間。

8

回到客廳後，怜發現只有小綠不在。看來她應該是獲得了土門的同意，去外面抽菸了。

一直被關在客廳裡的百枝、尾花、阿部臉上均露出了明顯的疲乏之色。

土門朝進入客廳的怜等人走了過去。

「你也拖太久了吧，連城。」

「對不起……」

怜低頭道歉，但土門似乎等不及他抬起頭，開口便說。

「在宅邸土地範圍內進行調查的調查人員傳來了報告，說是後方側門的門閂被打開了。」

可是……土門一臉嚴肅地補充道。

「門上並沒有遭到破壞的痕跡，所以推斷是從內側被人打開的。而且這裡也沒有其他可以潛入宅邸土地的出入口，所以這一切果然是凶手為了偽裝成外人入侵而搞的鬼……」

「太潦草了。」

在一邊旁聽的光彌喃喃自語，伶反問：「咦，你說什麼？」

「以偽裝成外人入侵的招數來說，手法未免都太潦草了。打破窗戶玻璃、打開門、弄亂書房……凶手只布置了這三種偽裝，而且側門竟然還只是拉開門閂而已……」

「是啊，所以說，代表這並不是一樁有計畫性的謀殺。」

土門迅速打斷家政夫的話。為了不讓其他人聽見，他拉低了音量。

「凶手恐怕是昨晚在書房裡與被害人起了口角，一時衝動下就把人給殺了。然後，他慌慌張張地布置出看起來像有強盜入侵的偽裝，但卻沒時間拿走值錢物品處理掉，還有在側門上留下破壞痕跡。你想說的是這個吧？」

「您說的沒錯。」

就在這時候，原本整個人呆呆靠在沙發上的百枝，突然叫出了兒子的名字「恭太！」

大家都被那宛如尖叫聲的呼喚嚇到，於是朝她看過去。

百枝正注視著兒子拿在手上的書。

「那本書是怎麼回事？你在哪裡拿到的？」

「咦……它放在奇異果的房間裡呀。是三上哥哥幫我找到的。」

「這、這樣啊……可是，快把它放回去。」

「咦，為什麼？等一下三上哥哥還要念給我聽。」

「不要問了！爸爸才剛死掉不是嗎！你不要太過分了！」

百枝用嘶啞的聲音狠狠斥責兒子。面對她突如其來的怒火，在場所有人全都安靜了下來。而百枝似乎察覺到氣氛不對，開始漫無目標地道歉。

「對不起……啊啊，對不起，對不起，恭太。」

讓怜感到傻眼的是，她居然摀著臉哭了起來。阿部見狀立刻站了起來。

「百枝，妳已經累了吧，不要勉強自己了……恭太。」

阿部看向呆呆站著的少年，瞇起了眼睛。

「你媽媽說的對，爸爸才剛過世不是嗎？現在你要用力忍耐，讓自己平靜下來才可以。這樣才算是長大了喲。」

「……對不起。」

光彌在溫馴地垂著頭的恭太身旁蹲下來，輕輕搭住他的肩膀。

「我把書拿回去放，恭太去媽媽身邊陪著她，好嗎？」

「嗯。」

恭太露出一抹硬擠出來的笑容。以一個父親剛過世沒多久的小孩子來說，他表現得確實有些過於興奮了，可是看到他的笑容後，怜卻為他感到可憐。

恭太在光彌的陪伴下走到沙發坐下，一言不發地把雙手放到腿上。

「那麼，連城……」

土門剛要開口說話時，阿部突然打了個噴嚏，打斷了他的話。

「真是不好意思。」

阿部一臉尷尬地抓了抓八字鬍，同時張口道歉。

「其實我從昨晚就有感冒症狀了……我的行李裡有口罩，請問我可以把它拿來戴嗎？」

土門同意後，尾花也跟著舉手說「那我也要」。

「請問我可以去換一塊ＯＫ繃嗎？它差不多已經溼掉了。」

「對了，請問您的傷是怎麼來的？」

怜一開口詢問，尾花便困窘地扶了扶眼鏡的鏡腳。

「唉，其實是昨天傍晚我在宅邸內參觀……那時候我拜託恭太讓我抱一下奇異果，結果奇異果好像不喜歡我，於是就被牠抓傷了。」

說完，他摸了一下貼在左手手背上的ＯＫ繃，跟在阿部後面離開了客廳。

當土門再次開口說「那麼……」的時候，這次換光彌插嘴道「請問……」。

「我可以把這本書拿回去放嗎？」

「喔，去吧。」

土門似乎已經開始厭煩起光彌的舉動，口氣變得很冷淡。光彌離開客廳後，土門馬上對怜說道。

「連城，你能不能把不破叫來這裡一下？他現在加入了在宅邸土地內進行調查的行列。讓他來看著這個客廳，然後我們來對每個人進行偵訊。」

「啊，是！我明白了。」

怜迅速走出客廳。然後，當他沿著走廊朝玄關大門前進時，看到了令人意外的一幕。光彌和尾花站在走廊上，不知道在說些什麼。

「不好意思耽誤一下您的時間。」

背對著怜的光彌說了這樣一句話。似乎是他主動開口找上尾花的。

「這本書上的公司名稱寫著戒指出版，請問這是尾花先生任職的公司吧？」

「沒、沒錯。梶塚老師的第五十部作品是交由敝公司出版的。」

家政夫突如其來的問題讓尾花不知所措，但他還是誠實回答。怜沒有靠過去，只是默默聽著。

「因為內容實在太棒了，讓我產生了一些興趣。這本書的插圖很漂亮，我有點好奇，不知道梶塚先生和百枝女士兩人是如何分攤工作並進行作業的呢？請問是等梶塚先生把故事全部寫好之後，才讓百枝女士畫畫的嗎？」

「是的……啊，不過，這本《熊之子和彩虹谷》曾經發生了一點爭執。」

「爭執？請問是怎麼回事？」

聽到了危險的詞彙冒出，怜立即插入話題。看著怜走過來，尾花一臉傷腦筋地皺起眉頭。

「不，其實也不是什麼大問題。只是在梶塚老師寫完原稿之後，百枝女士卻遲遲畫不出插圖……大概是遇上了所謂的低潮期吧。聽到百枝女士開始說出『我畫不出來，能不能請你去找其他畫家』之類的話，我真的很為難。梶塚老師也是老樣子，堅持說『如果不放我妻子的插圖就不出版了』。不過，最後我總算設法請百枝女士完成了插圖，唉，真是服了他們了。」

尾花抓了抓頭髮，似乎想起了當時的情況。

「因為對老師而言，這是可以當成紀念作品的一部心血之作，所以百枝女士也感受到很大的壓力吧。當時我真的是很頭痛，梶塚還不准我更改任何一個字。即使我說『小熊』比『熊之子』的文字節奏感更好，老師也不肯讓步……」

尾花開始講起了童話誕生過程中的無聊軼事，怜擠出一個客套的微笑。但光彌卻仍然一臉嚴肅地又拋出問題。

「話說回來，這本書裡的主角『熊之子』在故事中途失明了對吧？」

光彌又繼續拋出問題。讓怜意外的資訊不知不覺冒了出來。

「這是在暗示作者夫婦的兒子恭太嗎？」

「是、是的。因為敝公司為了眼睛看不見的小朋友們，致力於將繪本及青少年小說做成有聲書……所以，這次老師才做好了充裕的準備，全心投入這方面的題材……啊，所以說，您詢問的問題答案既是對也是不對。不只為了恭太小少爺，我們也一直謹記著要為住在日本的所有視障兒童製作故事。」

「原來如此……」

「不過，百枝女士或許並不喜歡這樣，恭太的眼睛說不定是她不太願意去碰觸的問題。事實上，梶塚老師自己相當喜歡那本書，並且四處贈書，但相反的，百枝女士連在見面的時候，都不太願意提起那本書。」

「原來是這麼回事……非常感謝您告訴我這麼珍貴的消息。」

光彌禮貌十足地鞠躬道謝，尾花帶著訝異的表情摸著OK繃離去，走進某個房間裡。

「那個繪本的故事有這麼重要嗎？和這次的案件有關連嗎？」

聽到怜的問題，光彌一邊看著自己拿在手中的書，一邊歪著頭。

「誰知道呢。」

怜一步入庭院，便知道架了塑膠布的柵欄另一邊擠了一大群人。是媒體們蜂擁而來了。他一邊同情負責看守的巡查們一邊走在庭院裡。而他正在尋找的不破，則滿臉嚴肅地調查著一處花壇。

「嗨，不破學弟，有找到什麼嗎？」

「不行，完全沒有收穫。」

不破遺憾地搖搖頭，他的眼鏡鏡片都被泥土弄髒了。怜心想，警察真是一個得不到回報的職業。但他們也不能老是沉浸在感傷中。

「土門前輩找你，走吧。」

怜帶著部下返回玄關，結果碰到了剛要踏進門內的小綠。

「辛苦您了，刑警先生。我剛剛去抽菸的時候，順便散了一下步。一直待在一個地方不動，會讓人覺得焦躁呢。」

趁著怜還沒開口，她講了一句有點像藉口的話。

一行人踏入玄關大廳後，就見光彌從樓梯上走下來。他應該是把繪本放回奇異果的房間後又走回來吧。

「來吧，三上你也該回客廳了。」

「我知道啦。」

「其實能問你的問題已經全部問完了，土門前輩說不定會叫你先離開……」

光彌沒有回話，把怜當成了空氣。在旁邊看著這一幕的不破露出詫異的表情。

就在他們想回客廳去的時候，附近一扇房門打開來，阿部魁梧的身軀出現在眾人面前。他就如同方才所說的戴上了口罩，把那具有個人特色的八字鬍蓋住了。

「阿部老師，大事不好了，外面因為媒體而亂成一團。」

小綠朝他開口道，阿部聞言，聳了聳寬闊的肩膀說「天啊」。

「那可不妙。不過我是自由業，打算留在這裡陪百枝和恭太，小綠妳的行程沒問題嗎？」

「嗯。我剛剛已經聯絡過編輯部了。」

就在他們對話的時候，尾花從阿部房間的隔壁房門後走了出來。小綠朝他開口說。

「尾花你繼續留在這裡沒問題嗎？」

「嗯，沒問題。畢竟遇到這種事也是無可奈何的……事實上在向警察報案之後，我也聯絡過編輯部了。」

「哎呀，你還真精明。」

阿部的一個噴嚏，打斷了兩個編輯的對話。小綠擔憂地開口。

「老師您還好吧？我這裡有帶感冒藥。」

「沒事，我已經吃過了……」

三名嫌犯就一面在這種情況下交談，一面朝客廳前進，後面跟著不破。怜原本想追上他們的腳步，卻注意到光彌的樣子怪怪的。光彌一直保持沉默，目送著那三個人離去。

「喂，你怎麼了，三上。」

「連城先生。」

怜走了過去，光彌壓低了音量呼喚對方。

「嗯？怎麼了？」

「我有點話想告訴您，能耽誤您一點時間嗎？」

「咦？在這裡說不行嗎？」

「不行，因為是關於這起案件的真相。」

怜目不轉睛地盯著光彌的臉，然後「……啊？」了一聲。他也只說得出這麼一個字。

9

「來，來，快點跟我說，三上。你已經明白這起案件的真相了吧？」

當兩人進入視聽室一獨處，怜馬上詢問光彌。光彌伸出一隻手示意他不要催促，然後邁步在視聽室裡繞起了圈圈。

現在，怜是以「三上好像有話想私底下對我說」為理由，向土門進行報備並脫離調查行列，所以時間並不能拖得太久。

「我就按照順序一次說明吧。我所關注的，是凶手身上散發出精油香味這一點。」

「有香味怎麼了嗎？如果凶手是屋內的人，那麼他與被害人一起享受精油香氣也不……」

「話說回來，連城先生身上現在有沒有散發精油的味道呢？」

「沒有，因為我並沒有塗。」

「但你不是有用過嗎？剛剛進行讓恭太嗅聞的實驗的時候。」

「那時候我只有稍微沾一點在面紙上而已吧？」

「……沒錯。正常來說，嗅聞精油獲取放鬆效果的時候，自己的衣服是不會沾到香氣的，但如果像香水那樣使用就另當別論了……換句話說，凶手從書房裡出來後身上仍散發出濃郁的精油香氣，是不太可能的事。」

光彌似乎事先假設了怜會反駁，於是立刻接下去說「當然……」。

「我不會說恭太在說謊這種蠢話。他說的是真的，而且與其他事實對比起來也具有一致性。」

「呃？你能稍微做個整合嗎？具有一致性？從你剛剛到現在所說的話裡，我只聽到凶手身上不該會散發出精油香味這一點而已耶。」

「所以說，我的意思是兇手是故意讓自己帶著一身柳橙香氣走出書房的。他大概是利用把精油滴在面紙上之類的方式，讓香氣散發出來……等用完之後，就沖進馬桶裡。」

「可是，兇手為什麼要特地做這種事呢？啊……為了掩蓋體味嗎？當他要從眼睛看不見所以嗅覺比別人銳利一倍的恭太身邊經過的時候……」

「不，我覺得兇手在邁步踏出書房之前，並沒有發現恭太的存在。畢竟恭太沒有說過半句話，況且如果已經發現恭太的存在，他大可等恭太回房之後再離開書房就好。」

聽到光彌這麼說，怜滿臉疑惑。

「這不是很莫名其妙嗎！那兇手究竟是要讓誰聞到精油味道啊？」

「是奇異果。那隻貓在書房前不停發出叫聲。」

「讓貓聞到柳橙的味道有什麼好處嗎……」

「你不知道嗎？據說貓咪討厭柑橘系的氣味。」

聽完光彌的話，怜雖然迷惘但還是點了點頭。

「這我有聽說過。啊啊，原來如此！所以在恭太懷裡的奇異果才會掙扎嗎！因為牠聞到了討厭的柳橙味道……可是，那又怎麼了嗎？」

怜又再次回到了「所以這是怎麼一回事」的狀態裡。

「兇手讓自己散發出奇異果討厭的味道，究竟是想做什麼？」

「為了讓奇異果遠離。為了逃離殺人現場，兇手那時候應該很焦急吧，可是門外卻傳來了奇異果的叫聲。奇異果應該是察覺到書房裡出事了，所以不肯離開那裡。如果讓牠一直在書房附近叫個不停，把屋裡的人都叫起來，自己就完蛋了——但事實上，恭太就在奇異果旁邊。無論如何，為了讓奇異果不要靠過來，凶手便帶著一身柳橙香味走出書房。」

「只是一隻貓而已，沒什麼大不了吧。凶手只要無視牠，開了門後立刻走下一樓不就行了。如果凶手沒發現恭太的存在，更應該這麼做才對。」

「不是的。這是因為凶手有個一旦讓奇異果接近自己就會很麻煩的原因。」

「什麼原因？」

「因為凶手『對貓過敏』。」

光彌回答得很乾脆俐落，至於怜就腦袋有點轉不過來了。他只能呆呆地像隻鸚鵡般複誦。

「對貓過敏……」

「沒錯。當然，我是有證據的。」

光彌搶先一步斷然言之。他精神抖擻地走向窗邊，豎起一根細長的手指。

「那就是恭太的供詞——『凶手在哭』。」

「啊……難不成……」

「正是如此。因為奇異果就在旁邊，所以凶手出現了過敏反應。能忍住沒打噴嚏，對凶手而言應該很值得慶幸吧。」

凶手「特地」讓身體散發精油香味才走出房間的這個事實，確實符合過敏的論點。怜用力點頭說「原來如此」。

「這麼說來，我們只要調查誰過敏就行了嗎？」

「確實應該調查一下，但我們其實已經可以核對答案了不是嗎？簡而言之，可以正常接觸奇異果的人都是清白的。」

這麼說也對。所以說——

「凶手不是小綠小姐吧。剛剛我們在奇異果的房間時，她還特地過來一趟。」

「嗯。然後，尾花先生也不是。他昨天想主動接觸奇異果，卻被抓傷了手背。至於每天照顧奇異果的百枝女士也不用說——」

「也就是說，凶手是……」

陽光從背對著窗戶的光彌身後照了進來。背後帶著光環看起來聖潔的他下達了神諭。

「當接觸過奇異果的我們一進入客廳後立刻打了噴嚏，還藉口說自己是感冒的人——童話作家阿部林吾。」

這個結論讓怜差點跳了起來，但他克制住自己，心喊等一下、等一下。

「可是，這個依據還很薄弱耶。我們也沒有鐵證能證明凶手對貓過敏……」

「還有其他證據能歸納出凶手就是阿部先生。」

「什麼證據？」

「就是被當成凶器的菸灰缸。」

光彌出人意表的發言，讓怜眨了眨眼睛。

「那個菸灰缸？可是，上面的指紋已經被擦掉了，無法跟哪個嫌犯產生關聯……」

「這次的案件屬於衝動殺人，這一點你應該沒異議吧？」

光彌打斷怜的話並質問他。

「應該沒有吧。畢竟凶器應該就是放在現場的菸灰缸，以偽裝成強盜殺人的手法來說，又未免太潦草了……在這種容易鎖定嫌犯的場合行凶也很奇怪，凶手明顯沒有事先計畫。」

「在這之中，凶手為何選擇菸灰缸當凶器，就是焦點。」

「不就因為它放在書房裡嗎？」

「書房裡不是有許多更合適的凶器嗎？被害人的桌上有紙鎮，還有房間入口附近的櫃子上有獎盃和銅像。菸灰缸會比它們都還適合當凶器嗎？擺在櫃子最上面的菸灰缸真的適合嗎？」

怜發出啊的一聲。沒錯，那個菸灰缸擺放在書櫃的最上面一層，那個位置連怜都必須踮腳尖才能拿到——

「當然也不可能是被害人為了有抽菸的凶手，而把菸灰缸拿下來。他自從戒菸之後，就變成超級討厭香菸，在這座宅邸土地範圍內都不准抽菸。」

「原來如此……」

回過神來時，怜已經低聲說了出來。

「無論是屬於中等身材女性的百枝女士和小綠小姐，還是以男性來看身材略為嬌小的尾花先生，選擇菸灰缸當凶器都會有『特地選』的感覺。」

「嗯，沒錯。能非常自然且突如其來地把菸灰缸拿來當凶器的人，乃是煙灰缸在他視線所及之處的人——就只有身高高達一百九十公分的巨漢阿部先生符合條件。」

10

後來，過了三十分鐘之後。

光彌、怜以及阿部林吾聚集在視聽室裡，土門則在視聽室外面等待。

「我有些話實在很想私底下跟阿部先生說」——

光彌提出的請求對土門而言有些出乎意料，並且肯定讓他感到很不愉快。事實上，土門一聽到請求馬上臉色一沉。然而，阿部似乎領悟到什麼，回答「我沒問題」。雖然進行個別偵訊的時間延遲了，不過土門大概也察覺到氣氛不尋常，以「至少要有連城在場」為條件，同意了這場怪異的見面。留在客廳裡的其他人都用不敢置信的表情目送他們離開。

光彌把先前告訴怜的推理又重複了一遍。

令人驚訝的是，高大的童話作家全程沒說半句話。怜提心吊膽地在一旁看著，並擺好了架式——為了在這個巨漢暴起時隨時都能出手制止。

光彌總結完推理內容後，阿部大大地嘆了一口氣，並緩緩地搖了搖頭。然後，他低聲說道。

「你答對了。」

毫不拖泥帶水的投降宣言，反而讓怜不知所措了起來。但他看著阿部的神情看了一會兒後又轉變了想法，覺得這說不定是必然的結果。

這個罪犯的臉上露出了濃濃的疲憊之色。也許打從一開始，他就沒打算堅持自己的謊言。

「……阿部先生，請您告訴我，為什麼您非得殺死梶塚先生不可呢？」

怜一問，阿部立刻瞇起眼睛看著光彌。眼尾深深的皺紋，傳遞出自己犯下的深重罪行是如何消磨著他的心靈。

「……你應該看出來了吧？」

「這單純只是我個人的推測罷了。」

光彌一邊把視線垂到地板上一邊開口。他的語氣帶著一絲草率。

「大概是因為梶塚先生新出版的繪本，對吧？」

「真厲害……為什麼你會知道呢？」

阿部發出帶著讚嘆的嘆息，光彌抬眼看著他，語速很快地說。

「上個月發行的新作品為什麼沒有放在收藏梶塚夫妻作品的房間裡呢？為什麼是藏在奇異果的房間裡呢？從百枝女士震驚的反應來看，把書藏起來的人應該是她。還有，尾花先生說百枝女士費了很大一番功夫才完成插圖，以及書本上市後梶塚夫妻的態度落差——

梶塚先生四處贈書，百枝女士卻不想談論那本書——把這些資訊合在一起，真相就逐漸浮出檯面了。因為，那本書裡寫了對百枝女士相當不利的內容。」

「喂喂，你究竟在說什麼啊？什麼叫不利的內容……那是一本很溫暖的繪本啊。」

聽到伶的疑問，光彌很不耐煩地回答。

「重點不在故事情節上。梶塚先生在那本書裡，巧妙地、充滿暗示地放入了對百枝女士的『指控』。」

光彌一邊在視聽室裡走來走去，一邊背誦出故事開頭。

「有個地方有一隻非常可愛的熊之子，他是從小森林來的可愛小幼熊。熊媽媽非常非常寶貝地養育熊之子。這天早上，熊媽媽對熊之子說『真是的，你的衣服穿反囉』——」

「你懂了嗎，連城刑警？這其中的心酸。」

阿部用彷彿使盡力氣擠出來的聲音，打斷了光彌的背誦。但伶還是一頭霧水。

「呃……我記得尾花先生說過，那隻小熊後來會失明。故事內容是為了鼓勵與恭太相同情況的小朋友，對吧？武斷地說它心酸也太……」

「不是『小熊』，是『熊之子』。」

光彌插嘴說道。這種無關緊要的糾正，讓伶覺得很莫名其妙。

「那又怎樣了？」

「尾花先生說過，梶塚先生不讓他把『熊之子』替換成『小熊』。」

「說是說過啦……」

「還有，『小森林』的用字也是。『小』是什麼意思？這篇文章究竟想表達什麼呢？」

「在我看來，我才真的搞不懂你是想表達什麼。」

「好了，別再故弄玄虛了，三上。」

阿部苦澀地吐出這句話。他輕輕地吸了一口氣，將答案盡數道出。

「『小森林』的意思是指『樹林』，也是在暗示我的名字『林吾』。然後，熊的英文是 bear——倒過來念就是日文的『阿部（Abe）』。穿反的衣服就是在暗示要把 bear 倒過來念。」

怜咀嚼著殺人凶手的話中含義，過了一會兒後，他倒抽了一口氣。

從樹林來的可愛阿部之子——

「恭太他……是您的孩子嗎？」

「是的……十年前，我跟百枝發生了關係。我不知道百枝是怎麼想的，但我並不覺得羞愧。都已經結婚十年了，梶塚還是跟一堆女人糾纏不清，我實在看不下去他那樣對待一個優秀的妻子，便苦口婆心地勸他，督促他洗心革面，但他卻完全不想改變生活態度……百枝就快崩潰了，想要成為她的心靈依靠，我能做的其實很有限。我……即使她與梶塚結婚，還是一直很喜歡她的我，做了我所能做的那一點點事。因為她需要感受到自己是被愛的。」

童話作家講個不停，似乎陷入了狂熱的情緒裡，肢體動作也很熱烈。

「然後，百枝懷了我的孩子……就是恭太。梶塚幾年來都深信那孩子是自己的兒子。」

阿部像是被什麼東西附身了般喋喋不休，怜用力瞪著他，光彌則是冷眼旁觀。

「諷刺的是，恭太的誕生讓梶塚停下了獵豔行為。我想忘掉自己犯下的過錯，便與百枝拉開了距離，當然和梶塚也是……事實上，我們都快遺忘掉它了，可是偏偏……不知道為什麼，梶塚卻知道了這件事。可能是他一時興起，去做了最近流行的基因檢測吧。不對，說不定是他發現了恭太長得不太像自己，產生了明確的懷疑，所以才去做的吧……不管如何，當我讀到梶塚的新書時，整個人大受打擊。」

阿部用一隻手摀住臉，聲音中帶著顫抖。

「梶塚等於是把我和百枝的過錯用表面上難以察覺的隱喻方式——卻又大膽地刻畫在作品裡。而且，還以暢銷作家梶塚讓的第五十本紀念作品的形式，大肆擺放在全國書店裡。」

怜說不出話，只能默默注視著阿部的身影。光彌敏銳地問道。

「為什麼梶塚先生會知道生父是您呢？」

「因為能接近她的男人只有我吧。梶塚無視自己在外面的放蕩行為，對妻子很愛吃醋，除了工作相關人士以外，就只有身為老朋友的我被介紹給他妻子認識……也許是他在恭太身上發現了與我相像的地方也說不定。」

「您與百枝女士商量過這件事嗎？」

「沒有……在那本書上市之後，昨天我和她才首次交談。可是，她到玄關來迎接我時的眼神，讓我看了差一點當場大叫出來。我領悟到，她早就察覺出隱藏在那本書裡的邪惡意圖。然後，她無力反駁梶塚，只能為那個不配稱為童話的骯髒故事畫出美麗精緻的插圖。」

梶塚的虐待狂癖好讓怜感到噁心。

發現妻子出軌後，他沒有公開譴責她，反而想出一個折磨她的超殘忍方法，並藉著故事的力量付諸行動。

「梶塚沒有對我說任何一句話。我覺得他看我的視線好像別有含義，但也可能只是我的被害妄想……但我不能置之不理。我等晚上夜深人靜之後，去了他的書房，因為在晚餐的時候他告訴過大家『我會寫散文寫到很晚』。我把這句話理解為那是給我的暗號。」

他的敘述終於進入了高潮。

「他背對著我說『你看了嗎？』我只回答他『我看了』這三個字。結果，你們知道他說了什麼嗎？他說了這樣一句話……『寫得很棒吧』。」

阿部用力瞪大眼睛，緊握的拳頭不停顫抖。

「梶塚轉頭看向我，嘴巴上掛著扭曲的笑容。他在對背叛自己的妻子做出勝利宣言，他的表情透露出的不是對我的怨恨，而是對妻子的優越感……我再也說不出話，理智瞬間消失。」

阿部重重地從嘴裡吐出嘆息，像是要把全身空氣都擠出來似的。

「如果他對我表達憎恨或輕蔑，或是乾脆衝過來揍我，我大概就用不著殺他了。如果他想要我當場跪下來給他踹，我也無所謂……可是，我實在饒不了他。他除了折磨、羞辱百枝，讓人難以置信的是，他還想把應當被他討厭的我拉去當侮辱她的共犯……」

「這麼說來，百枝女士她……對您的罪行……」

怜小心翼翼地問，阿部自嘲地勾了勾唇角。

「嗯，我想她應該有發現。我之所以偽裝成強盜殺人，與其說是想逃避罪責，不如說我的目的是不想讓百枝產生愧疚感……但全都徒勞無功了。」

他的自白結束了。怜剩餘的工作只有一件。

「請跟我走吧。」

怜把手搭上阿部那沮喪地垂著的寬闊肩膀。

走出視聽室之後，默默站在門外的土門，一臉嚴肅地來回看了看從裡面出來的三個人。

「……請帶我到恩海警局去，以殺害梶塚讓的凶手身分。」

聽到阿部這麼說，土門臉上浮現驚訝的神色。然後，他看向家政夫。

「你做了什麼？」

「我什麼都沒做。」

光彌用往常的冷淡語氣回答。

當土門帶著阿部往外走時，怜已經為了說明事情經緯而回到了客廳。

尾花及小綠因震驚過度而啞口無言，百枝仍坐在沙發上，只是摀著臉屈著上半身。恭太似乎察覺到母親的異常，笨拙地彎腰摸了摸她的背說：「媽媽？您怎麼了，媽媽？」

「沒事……我沒事……」

百枝筋疲力盡地吐出嘶啞的聲音，恭太連忙更努力地來回摩挲母親的背部。一種強烈的鼻酸感讓怜不忍心再看下去。

「喂，三上，我想請你也暫且來警局一趟……」

「不，我還要在這裡……」

「不要緊的，我沒關係的，三上先生。請您……請您去警局吧……」

百枝用顫抖且不安的嗓音開口，想送光彌離開。

光彌躊躇不決地側臉看向怜——就在這時候，恭太驀地站了起來。他搖搖晃晃地朝光彌的方向走過來，靠伸手摸索的方式摸索到光彌的身體後，拉住了對方的襯衫下襬。

「三上哥哥！你還會過來吧？雖然爸爸死掉了，但你還會來我家打掃吧？」

光彌凝視著恭太的視線產生震顫。怜如坐針氈般地看著這一幕，沒想到光彌竟一把抱住了恭太的身體，很用力很用力地抱緊。

「我會來的，我會一直來這裡，放心吧。」

恭太一面說著「好痛喲」，一面露出了天真無邪的笑容。一旁的百枝看著他們兩人，再次摀住了臉龐。

「三上先生……以後也請你多多幫忙了。」

她用顫抖的聲音懇求光彌。年輕的家政夫抬起臉來，點了點頭。

他的臉上充滿了堅定的信心，然後，讓怜更震驚的是——他的眼角有微微的淚光。

（我們警察做不到的……他可以做到。）

怜帶著一絲挫敗感，靜靜看著光彌。

11

在警局裡做完簡單的筆錄後，怜把光彌送到了恩海警局的大廳。此時天邊已經出現了晚霞。

「今天多謝你了，三上，你幫了我們一個大忙呢。」

「哪裡……」

「方才偵訊你的那些對話，會正式寫進筆錄裡的就只有把你當成『梶塚家的家政夫』而進行詢問的部分而已，我想那些推理內容應該不會寫成正式記錄……」

「好的，沒關係，請完全不要提到我的名字。我只不過是以一介市民的身分協助警方而已。」

光彌迅速結束對話，一副準備離開的樣子。怜無端感到有些依依不捨，便繼續說道。

「喂，三上，你是不是有弟弟或妹妹？」

光彌用力瞪大了狹長的眼睛，側頭看向他。那雙眼睛有點可怕，讓怜心生一絲畏懼。

「為什麼你會這麼想？」

「這……因為你和恭太的相處方式特別自然。」

「……以前我曾和弟弟住在一起過。」

光彌忽然別開臉。白皙的臉頰在夕陽的映照下顯得很美麗。

「不過，我的父母離婚了。」

「這樣啊……」

也就是說，現在兄弟兩人沒有住在一起囉？怜在心底這樣解釋那句話。光彌以「那我先走了」結束談話，然後迅速往前邁步。怜還想再次開口找他搭話，但卻想不出有什麼話可說。

就在這時候，一輛汽車與光彌擦身而過，開進了恩海警局前的圓環車道。在怜的注視下，那輛車在怜的面前停了下來。

「讓你久等了。」

從車上走下來的人，是上個月的案件中一起辦案過的縣警的警部補——島崎志保。

「感謝您遠道而來。這起案件裡，我們已經以重要涉案人士的身分逮捕了一個人……」

「這件事土門警部補已經告訴過我了。我們縣警能幫上忙的地方似乎並不多。」

因為這是一起殺人案，所以恩海警局請求縣警出動人力，但卻又好巧不巧地自己逮捕到了凶手。當然接下來才是辛苦的階段，可是，在恩海警局找到凶手之後才到場，讓縣警心情很複雜，既為自己管轄的分局感到自豪又覺得抱歉。

「……對了。」

島崎看著走到大馬路去的光彌背影，瞇起了眼睛。

「方才和你講話的那個青年是誰？」

「啊啊，是這次發生殺人案的那棟宅邸的家政夫……請問怎麼了嗎？」

「沒事，我只是覺得好像在哪裡見過他。」

她盯著光彌身影所融入的道路看了一會兒，然後才搖了搖頭。

「話雖如此，我們也不能隨便浪費時間。麻煩你帶路一下。」

「啊，是的。」

島崎在這時候所說的話，讓怜有點在意，不過他馬上把這想法趕出腦海。

可是，方才光彌看向他的神情，卻仍暫時在腦海裡盤旋不散。

光彌那陰暗可怕的眼神……

第三章

過去與刑警與家政夫的問題

1

「我原本還懷疑拜託你不知道對不對……你們真的連這種服務都有嗎？」

怜詢問包著三角頭巾的光彌，光彌瞥了他一眼。

「沒有的話，我就不會做了。」

說完，光彌沿著嘎吱作響的狹窄樓梯爬上了閣樓。

現在是秋老虎猛烈的九月中旬。

大型工作已經收尾，怜難得久久地跟著日曆在星期天放假，便委託了家事服務公司。然後，上門來的人依然是三上光彌。

「大學已經開學了嗎？」

怜也跟著爬上樓梯，同時問道。

「下星期開學。」

「這麼說起來，大學生的暑假好像很長吧，我自己當初也是。」

「是嗎……」

光彌還是老樣子，完全不肯和人閒聊。他拉開位於閣樓最深處的窗簾，讓陽光灑入房間裡，飄盪在空氣中的細微灰塵映入了怜的眼簾。

光彌站在窗邊往後轉，在後腦杓綁成一束的黑髮隨之晃動，那烏黑亮麗的光澤讓怜心跳加速。

「請問要從哪裡開始打掃呢？」

「啊啊，呃……我自己來分辨哪些東西要處理掉，就麻煩你先把灰塵清理乾淨吧。」

「好的。大概二十分鐘就能完成，請您到下面等候。」

「麻煩你了。」

怜迅速走下閣樓，在自己位於二樓的房間裡看書。

為了學習處世智慧，他在書店裡嘗試買了本關於人工智慧的新書[4]。沐浴在從窗戶投射進來的溫暖陽光中看書，讓心靈都柔和了起來。每天處在繁忙的警察生活裡，會讓人覺得這種短暫的安穩時間格外貴重。

「打掃工作完成了。」

正當怜沉浸在感傷裡的時候，光彌的聲音從人敞的房門外傳了過來。

「真厲害，速度好快。」

「哪裡……閣樓最好暫時打開通風一下比較好，所以稍等一下再去吧。在這段等待期間，需要我先去清洗浴室嗎？」

「嗯，那就麻煩你了……拜託你做這麼多事，真是不好意思。」

「哪裡，這是工作。」

4　103mm×182mm 尺寸的口袋書。

說完，光彌就走開了。他的反應也是和以往一樣冰冷。

怜從鼻子噴出一口氣，身體靠在有輪子的椅子上。他把書籤夾到書裡，並把書丟到桌子上。

然後，他開始思考起光彌的事情。

經過了上個月的童話作家命案之後，怜一共找了光彌來做家事服務兩次，今天則是第三次。

每一次他都會請光彌把家裡的某個地方打掃乾淨，但因為光彌實在太優秀了，到最後已經沒有地方可以請對方打掃了。因此，今天他拜託光彌來清理剩下唯一還沒打掃過的閣樓。

他之所以要一直找他過來的原因是——

（是什麼呢？）

怜捫心自問。

是因為在兩起案件裡，光彌展現出非凡的推理能力嗎？

又或者是光彌那深不可測的幽暗眼神讓他感到危險，所以警察的本能在呼喚他要小心光彌嗎？

（這樣我豈不是把他當成罪犯看待了？）

不是這樣的。

他大概是因為……

「連城先生……連城先生。」

呼喚自己名字的聲音，讓怜清醒了過來。

他一邊揉眼睛一邊抬起頭，發現光彌端正的臉龐就在眼前。

「啊，抱歉……我好像睡著了。」

「浴室已經打掃完畢。」

「咦，好快。」

「並沒有，已經過了十分鐘以上了。」

「是嗎……抱歉。」

雖然自己也搞不懂原因，不過怜還是先一邊道歉一邊站起身來。

「那我們上去吧。」

他們兩人現在要重回閣樓去。

「請連城先生也戴上口罩。」

「咦……嗯。」

怜乖乖地把光彌遞過來的口罩戴好，同時心想對方準備得真齊全。

總之，就是先把地板上堆積的雜誌和舊報紙整理好，拿去丟掉。怜粗略地檢查過一遍後，請光彌用塑膠繩將之捆起來。

他一邊動手，一邊找話題閒聊。

「這個閣樓原本是我老爸的書房喲。」

「這樣啊……」

光彌用毫無抑揚頓挫的語調回應，然後抬起視線看了一眼。

「請問令尊的職業是？」

他問道。怜感到有點意外，因為光彌很少會做出回應。

「我沒說過嗎？他是警察。」

聞言，光彌的手猛然頓住，並瞪大了狹長的眼睛。那雙大眼看著怜的方式像是要把他身體瞪出一個洞來。

「怎、怎麼了？」

「啊……沒事。」

光彌再次動起雙手，視線卻往下垂。纖長的睫毛擋住了他的瞳孔顏色。

「父子兩代都是警察嗎……」

「是啊。附帶一提，據說我爺爺做貿易相關工作做得很成功，這棟大得要命的房子也是爺爺那一代傳下來的。」

「哦……所以令尊沒有繼承令祖父的事業嗎。」

「因為老爸他是個充滿反骨精神的頑固兒子，加上我爺爺的個性很隨遇而安。不過老實說，要照顧好這棟房子，我已經開始有些力不從心了，所以我在想，大概差不多到了把這棟房子賣掉的時候了。」

「所以你是為了準備賣房子，才叫我過來打掃的嗎？」

光彌用比剛剛更平易近人的語氣問道。是為了這個原因嗎——瞬間，怜自己也陷入了沉思，不過後來還是搖了搖頭。

「不是的。我還沒有深入思考過，只是覺得已經到了必須認真思考一番的時間了。」

嘴裡說著這些話的同時，怜感到有些難為情，便抓了抓頭髮。

光彌沉默了一會兒後才回答「……是嗎」，並用力綁緊了繩子。

兩人把堆疊在地板上的可回收垃圾從樓梯一疊一疊往下搬，最後只剩下裝滿舊衣服的衣櫃以及爸爸的辦公桌四周還沒整理。

「我記得以前也曾在一樓打掃過令尊的工作用房間。」

「嗯，那邊是處理土地整頓或自治會工作之類，和警察職務無關的工作的辦公桌，老爸把它們區分開來了。這種作法與其說是老爸勤奮又有上進心，或許更偏向是因為房子很大所以會有一種不充分利用就虧了的心態吧。雖然我覺得這種想法本身就很狹隘……」

光彌的嘴角很難得地浮現了笑意，這讓怜覺得有點高興。一個不會為了討好他人而假笑的人所露出來的笑容，更讓人覺得價值非凡。

兩人一邊聊天，一邊先從衣櫃開始著手整理。他們先把裡面的舊衣服通通拿出來。這些衣服已經沒有人穿了，雖然其中不乏還算高級的大衣和夾克，但尺寸對怜來說太小了。因為他的爸爸比較矮小。

「這種東西該怎麼處理才好啊？真傷腦筋。」

「基本上，我覺得可以拿去舊衣店。」

光彌把滑落的口罩往上拉，再次遮住嘴巴，同時回應道。

「這些可以賣錢嗎？這麼舊又充滿灰塵味。」

「我想價格應該相當不錯，畢竟是名牌衣物。」

光彌一面把凌亂的衣物摺好，一面瞄了眼標籤。他總是穿白襯衫配黑褲子，看起來好像不怎麼關注流行時尚，沒想到原來還挺清楚的。

「況且，舊衣店是論斤收購的，沒價值的衣物他們也會免費收走。」

「哦，他們人真好心。」

「那是因為他們會把東西賣給業者從中獲利，並不是因為他們好心。」

光彌說出了相當毒舌的話。怜覺得光彌像在訓誡他，但卻一時詞窮講不出話來。

或許是因為光彌現在說的這句話，正好詮釋了自己與他的關係也說不定。

（說的也是……他也是為了工作才來這裡的，並不是因為好心。）

兩人沉默地整理衣服一陣子後，光彌猛然回神般地抬起頭。

「這些事我來做就好，連城先生可以停手休息沒關係的。」

「咦……可是，我會覺得坐立不安。」

「這是我的工作。況且連城先生有支付相應的報酬給我，用不著感到坐立不安。」

光彌的話彷彿在叮嚀胡思亂想的怜。也就是說，怜的立場是可以站在旁邊監督光彌的。但做這種事只會讓他坐立不安。

「我說三上，為什麼你會選擇去家事服務公司打工呢？」

怜把自己突然想到的問題扔向光彌，被問的光彌一臉納悶地說：「什麼？」

「連城先生想問的是，我選擇這個工作而非其他工作的理由嗎？」

「嗯，沒錯。」

「也沒什麼特別的理由。因為我很擅長做家事，而且這個工作相對於工時薪水也很高。」

真是相當強勢的發言，但只要看過他到目前為止的工作狀態，便能理解原因。

「你在家裡也都會幫忙做家事嗎？」

「是的。」

「真了不起。」

「沒什麼了不起的。」

光彌用冷淡的聲音回答。他的語氣聽起來毫無幹勁，手上的動作卻很敏捷，呈現兩種極端。

「這只是一項為了活下去的必備技能罷了。」

雖然話講得很無情，但怜發現，對方的聲音中帶著一絲哀傷的氣息。然後，他想起來前陣子光彌曾說過「父母離婚了」。

就在這時候。

「……那個，連城先生。」

「咦，怎麼了？」

「你看這個。」

光彌的手指指向了衣櫃裡面。怜探頭往裡面看，看到陰暗的櫃子內部深處有一個黑色物體。

光彌將之取出，發現那是一本黑色記事本。

「這個是……！」

怜不禁大叫出聲，同時從光彌手裡接過記事本。

他用顫抖的手翻開封面。第一頁頂端寫著這麼幾個大大的文字。

「恩海市連環殺童案」

這是怜的爸爸在調查過程中殉職的那起懸案。

2

第一起案件發生在六年前的九月底。

就讀於恩海西國小的六年級男童遠野俊平下落不明。那是一個要上學的平常日，遠野俊平最後出現的地方是他上的補習班。他在晚上八點左右離開了補習班，但卻沒有回到只在短短三百公尺外的家。

擔心俊平的父母首先去補習班，結果補習班老闆回答「俊平離開這裡之後就再也沒看到他了」。然後，老闆跟著父母一起在附近尋找，還打電話給兒子朋友的父母，最後去找警察報案。恩海警局的員警們徹夜在附近進行搜索，卻都沒有找到俊平。後來，隔天早上發現了他的遺體。

俊平是在遭人用銳利凶器刺死後，被棄屍在距離關鍵的補習班三公里外的垃圾場裡。

他的嘴巴被用膠布封住、雙手被綁住的模樣實在太過悽慘，讓看到的人——第一發現者以及維持死亡現場完整的刑警們之中，極少數的幾個人——心靈上刻畫下難過的記憶。遺體上的傷口很少，死因是遭人一刀刺入心臟後立刻斃命，所以這個少年不但幾乎沒受到什麼折磨，可能甚至也還不了解自己遇到了什麼事，但面對他遭人荒唐殺害的壓倒性事實，沒人有辦法說出「那是不幸中的大幸」。

警方成立了搜查總部，出動所有警力進行調查，然而真相卻石沉大海，警方完全推測不出俊平是在哪裡被擄走的，又為何會被殺害。

然後，悲劇仍在持續發生。

在警方為第一起案件持續進行徒勞無功的調查時，恩海市內的小學又再一次有兒童失蹤了。那是在第一起案件發生後過了兩星期的十月某個星期四。

這次是在一所名叫恩海國小的學校裡，失蹤的是女童。

這個少女的名字叫葉澤實梨，小學四年級。這次不是在補習班，而是從鋼琴教室回家路上消失的。

她的父母也是立刻向警方報案請求協尋，可是這一次在當晚就發現了葉澤實梨的遺體。發現地點是在一個平時不太有人接近的社區公園——也一樣是距離關鍵的鋼琴教室三公里外的場所。然後，調查工作才剛開始，警方便立刻發現一個恐怖的事實。那就是插在少女胸口的刀子上，驗出了第一個被害學童遠野俊平的ＤＮＡ。比對傷口形狀後，確定那把刀與殺害俊平的是同一樣凶器。

警方斷定這是一起隨機殺害兒童的凶案，派出更多的調查人員投入調查工作。然而……他們完全找不到凶手、動機、凶案發生當時的細節，就這樣過了一個月、兩個月。

……然後，在聖誕節即將到來的十二月中旬，最後的悲劇發生了。

＊＊＊

怜闔上活頁夾，丟到客廳桌上。他吐出一個從心底深處發出的嘆息後趴到桌上。找到爸爸的記事本沒多久，他就讓光彌先離開了。然後，他晚餐也沒吃，就一直反覆閱讀著那起案件的資料。以前他就把「恩海市連環殺童案」的資料看過了無數次。

現在已經是半夜十二點，日期也改變了。明天——不，是今天——要照常上班，所以他差不多必須去睡了。

怜抓了抓頭髮站起身來。

（明天把這個記事本拿給土門前輩看看吧。）

怜在收拾桌上散亂的便條紙、筆和文件時，察覺到自己正處於非常飢餓的狀態。雖然在睡覺前吃飯是不好的，但餓著肚子躺到床上去他大概也睡不著吧。所以說，怜決定吃一點東西。

他走向廚房，打開微波爐，暖色系燈光亮起，照亮了幾個包著保鮮膜的小盤子。這些是光彌回去前煮好的料理。怜一邊把它們端到桌子上，一邊回憶今天光彌告訴他的小知識。

——如果在意血糖值，請在吃飯前吃一些高麗菜試試看。

細心的光彌事先切好了高麗菜。

吃有嚼勁又低卡路里的高麗菜刺激飽食中樞，從結果來說可以降低食量。此外，高麗菜所蘊含的維生素U——也就是所謂的抗潰瘍因子——可以保護胃黏膜，預防胃潰瘍。

怜一邊動筷子一邊思考光彌的事。

在找到爸爸的記事本——裡面或許寫著六年來一直沒偵破的那起案件線索的記事本——之後，怜並沒有把這件事告訴光彌。光彌似乎有觀察到怜的心情很激動，但沒有主動開口發表什麼評論。

可是，當怜提出「我有點事情想思考一下，你打掃到這裡就可以了」的時候，光彌卻很細心地幫他把今晚的飯菜先煮好。這是光彌對「身為刑警的怜」的體貼。

「之後得好好向他道謝才行……」

自言自語完，怜再度拿起了剛剛挪到桌子旁邊的文件。這該說是一種刑警的習性嗎，悠悠哉哉地吃飯反而會讓他們難以平靜下來。怜用餐時的標準模式不是囫圇吞棗快快扒完，就是一邊進行某項作業一邊吃飯。

於是乎，他又再次看起了資料。

十二月十七日，星期一。

聖誕節近在眼前，因為學期末到來上課時間變少，所以這也是個小朋友們容易坐立不安的季節。

當先前兩起案件的調查觸礁，縣內的刑警們發出痛苦呻吟時，這個區域未必每年都會下的雪開始紛紛飄落，小學生們嗨到不行，在外面跑來跑去。

就在這樣一個夜晚，又有一個小學生失蹤了。

空谷創也，五年級，是就讀恩海南國小的男童。這一次，他失蹤的地點與情況通通不明。由於父母親都出門工作，所以讀國中的哥哥在晚上八點回家後，才注意到弟弟不在家。那一天學校上午就放學了，大家完全找不到少年在下午的行蹤。

而接到報案的恩海警局的警察們，臉上寫滿了絕望。

「又有一個無辜的小朋友犧牲了……」

這句話湧上了大家的喉嚨。

不過，大家當然不可能放棄搜尋。刑警們相信這個少年還活著，一面撥開雪花拉響警笛的聲音，一面用警車的紅色燈光照亮夜晚的恩海市。

但天亮之後，警方還是沒有找到創也。

刑警們以空谷家為圓心，呈蜘蛛網狀向外擴大搜索範圍。

但即使如此，他們就是找不到這個少年。住在附近的一位主婦在十七日下午三點左右，曾和鎖上家門準備外出的創也互相打過招呼，但卻無法提供她知道創也要上哪去之類的證詞。

警方出動協尋後過了二十四小時，夜晚再度降臨。被警車壓亂的白雪慢騰騰地融化，化為骯髒發黑的泥濘，然後警車再次在上面留下車輪的痕跡。

直到深夜，大家仍持續搜索。

警車毫不停歇地咆嘯著，彷彿在悲壯地訴說大家的努力。

——然後隔天，也就是星期三的早上。

一件調查人員們完全想像不到的事情發生了。那就是正在進行調查工作的一個刑警失去聯絡。

那個刑警正是連城忍作。

也是怜的父親。

3

土門警部補在怜的面前皺著眉，慢慢翻閱著黑皮革記事本。

怜借用了恩海警局的一間會議室，把這項新證物先交給上司過目。最關鍵的短短五頁記述，土門翻來覆去地看了好幾遍，直到時間過了十分鐘。然後，他緩緩抬起了頭。

「這是你在打掃家裡的時候找到的，對吧。」

「是的。這確實是我爸爸的字跡沒錯。我想，這應該是我爸爸直到殉職之前都帶在身上的記事本。」

「……如果真是這樣，這個記事本將會成為重大線索。」

土門用指尖敲了敲皮革封面。

「我們當初並沒有在連城忍作刑警的西裝和大衣上，找到他記錄調查狀況的記事本，還以為是被殺死他的凶手給處理掉了。」

「老爸可能是回家換大衣的時候，忘了挪過去……又或者是他設想到萬一自己出事，而特地留在家裡的。老爸的刑警同事們曾稍微搜索過他的工作房間，但卻遺漏了這本記事本。」

「結果昨天被你找到了嗎？為什麼現在才找到呢？」

「因為這六年來沒有半個人去動過老爸的房間。當初老爸死掉的時候，我還是個大學生，在東京租房子住……老媽她似乎提不起整理遺物的興致，就把東西一直放在原處。然後，等我當上刑警回到家沒多久，老媽就過世了。那時候大約是四年前。」

怜把手肘撐在桌子上，用力搓了搓自己的臉。

「我老媽她沒什麼私人物品，所以遺物很快就整理完了，但我老爸的就一直擺在那裡沒動……如果我再早一點動手整理的話……」

「懊悔也沒用，總之，把這個交給縣警吧。」

土門站起身，俐落敏捷地往外走。見狀，怜也不能繼續坐在原地不動，連忙追上土門的腳步。

「可是，我還是無法理解。連城忍作刑警——你的父親，為什麼沒有把如此重要的情資告訴其他人呢？我常常在局裡聽到大家稱讚你的父親是一位很優秀的警察，所以他也不可能是為了搶功。」

「呃……寫在那本記事本上的所有推理，都是以警方早已獲得的資訊為基礎，另外架構起來的。」

怜一邊走在走廊上，一邊壓低聲音說話。

「然後，老爸在自行進行推理之後，大概發現了某種新真相，並察覺到凶手的真面目。可是，在他回總部進行報告之前——」

「發現連城忍作刑警掌握到線索的凶手把人給殺了。」

土門用低沉的聲音說道。

＊＊＊

嚴格來講，連城忍作刑警並沒有參與空谷創也的搜索行動。

他以第一起、第二起案件裡的被害人人際關係為中心，再度接觸那些涉案人士。換句話說，這些案件並非隨機殺害小孩子，而是因恨殺人，某個人對這些小孩子抱有明確殺意——他是朝這樣的方向進行調查的。

可是，遠野俊平和葉澤實梨除了「同是住在恩海市的小學生」，他們兩人之間找不到其他任何共同點，所以難以把重點放在私怨上。

但沒想到。

往這方面調查的連城忍作刑警，卻在案件的調查過程中失去了聯絡。

警察在進行犯罪搜查，也就是「出外勤」的時候，原則上是兩人一組進行行動的。可是，那時候與連城忍作刑警一起行動的刑警恰巧出了一些事，所以回縣警去了。那是在空谷創也失蹤後的第二天白天。

——搜查總部當然是以搜尋現在還沒發現蹤影的少年為第一優先，但倘若連城忍作刑警是落入凶手的手中，那麼連城忍作刑警的所在之處有很高的蓋然性就是少年的所在之處。於是乎，刑警們使用GPS，還有以打探消息追蹤足跡的方式，搜索連城忍作刑警的下落。

遺憾的是，當天晚上，有人在市內的廢棄工廠發現了已經變成屍體的連城忍作刑警。

死因是刺死。凶手用電擊棒把人電暈後，再刺穿他的胸口。警方沒有找到凶器，但卻在連城忍作刑警被殺害的現場，找到了其他人的血跡和毛髮。

進行DNA鑑定後，結果顯示那些都是屬於下落不明的空谷創也。
然後，找到創也遺體的時間是在天亮之後。
他的遺體被丟在恩海市隔壁的音野市的運動公園裡，胸口果不其然被一把刀貫穿。
並且，那把刀上驗出了連城忍作刑警的血。

警方的推斷如下。
連城忍作刑警在進行調查時，因為某種契機而得知了凶手真面目。又或者他還不知道，但卻注意到自己調查的人物出現了奇怪舉動。於是他跟蹤那個人，最後去到了凶手監禁創也的地點。然後，他打算抓住凶手，卻反遭凶手殺害——
凶手丟下連城忍作刑警的屍體逃跑了，又在其他地方遺棄了創也。
雖然大家都想不透，為什麼凶手要特地把創也的屍體帶到其他地方丟棄，但主要推斷方向應該沒錯——因此，警方開始追查連城忍作刑警死亡之前的足跡。
結果發現，他一一拜訪了第一起、第二起案件的相關人士，以及與空谷創也有關的人們，並進行偵訊。
可是——也只到這裡為止。
被殺的小朋友們身邊的大人因擁有不在場證明、找不到殺人動機等五花八門的理由，一一洗清自己的嫌疑。
畢竟警方不能因為同住在恩海市內，且與被害人之間有一點點關聯浮上檯面，就說自己找到了凶手的線索。

後來漸漸地，搜查人員之中出現了「凶手應該是變態吧？」、「連城忍作刑警大概是偶然中看到了警方正在搜尋的創也，然後在闖入廢棄工廠時遭到殺害的」聲浪，接著不知不覺間，這樣的看法成為了多數。

——後來，警方依舊遲遲找不到有力的線索與嫌犯，搜查總部的規模也漸漸地縮小了。

然後，六年的歲月就這樣流逝。

＊＊＊

「連城。」

在土門的呼喚下，怜猛然回過神來。

正在自己的座位上處理日常業務——事實上心都飄走了——的他，從文件中抬起頭側臉看過去。

「縣警總部的島崎警部補已經來了，我們回會議室去吧。」

自先前與土門在會議室談過到現在，時間也才過了短短一個小時，對方的行動還真是有夠快。怜在感到詫異的同時，也跟著土門前往會議室。

島崎志保還是老樣子，穿著很適合她的套裝，整個人看起來很完美。她站起身，朝怜與土門微微頷首後，和以往一樣看了一眼自己那粗曠的手錶。

「好久不見，島崎警部補。」

「嗯，十八天不見了吧。」

島崎迅速回應，並再度坐回椅子上，怜與土門在她對面坐下。

「非常感謝您這麼快就採取行動。」

怜開口道謝，島崎回答「哪裡……」。

怜知道平日的她一向開門見山，於是這時感到有些意外。島崎明顯想說什麼卻又躊躇不決。

「請問發生什麼事了嗎？」

土門開口一問，島崎便做出了決定。

「事實上，我也有事要告訴你們。在閱讀你們發現的連城忍作刑警的記事本之前，我可以先說那件事嗎？」

「嗯，當然可以。」

在土門的示意下，島崎從灰色套裝的內袋裡拿出一個信封。

「這是大約兩個星期前寄到縣警的信。」

「哦？內容寫了什麼？」

島崎一臉為難地垂下頭，然後又抬起了視線。

「是殺人的自白。寄件人自稱是六年前的連環殺童案凶手。」

4

我在六年前犯下了罪過。

是我用自己的手殺死三個少年少女的罪過。

就是社會上大家都知道的「恩海市連環殺童案」那起重大凶案。

雖然我每天都過著害怕法律之手伸到我頭上的日子，但就算冒著危險，我還是有件事必須跟大家說。

是關於我第二個殺死的少女。

我是後來才從報紙上知道，她的名字是葉澤實梨。

沒錯，唯獨她，我沒有殺人動機。一開始殺死遠野俊平之後，為了讓警方認為我是隨機殺人，我便殺死了她。換句話說，我是為了誤導警方才殺人的。

關於這件事，我實在無法瞞著不說。

警方說不定會靠著這封自白找到我，但我現在認為，就算被找到了也無所謂。

唯獨殺了那個少女的事，讓我非常後悔。

只有這件事，我不告訴大家實在無法安心，於是寫下了這封信。

＊＊＊

那是一張常見的印表機用紙，上面印了用電腦打的字。

怜把信看了兩遍。

太過語無倫次的內容讓他感到一頭霧水。

「呃，也就是說，這封信的意思……凶手他真正想殺害的是第一個被害人遠野俊平以及第三個被害人空谷創也而已，他殺死第二個被害人葉澤實梨是為了擾亂警方辦案。意思是這樣嗎？」

「應該是這樣沒錯。」

島崎冷靜地回應，但怜還是非常迷惘。然後，土門皺著眉嘆了一口氣。

「無聊透頂，搞不懂這是想幹嘛。應該是惡作劇吧？」

「嗯。我們實在很難相信這真的是凶手寄過來的，畢竟沒有半個可以下判斷的證據……但是，如果是惡作劇，我們完全搞不懂對方的意圖。」

「惡作劇會有什麼意圖嗎？」

這封信不知事情輕重的字句，讓土門看了很氣憤，鼻孔噴出又粗又重的氣息。

「這世上會有人特地去冒充六年前那起尚未破案的凶案凶手嗎？而且，唯獨第二起案件是毫無動機的殺人——是想用這種說法，來改變什麼嗎？」

「……意思是，這封信本身的目的才是擾亂警方辦案嗎？」

怜講出自己的意見，但土門立刻否定道「應該不是」。

「我不覺得一個六年來遲遲沒被抓到的犯人會特地寫這種信，畢竟沒人保證會不會因而露出馬腳，況且對方為何必須特地朝陷入膠著的調查工作投入新的燃料不可呢？這是自找麻煩罷了。」

「說的也是……」

怜看著坐在自己面前的縣警。

「島崎警部補對這封信有什麼看法呢？」

「目前還很難做判斷。但我覺得應該是與那起凶案有關聯的某個人，帶著明確目的寄出這封信的。」

「為什麼？」

土門開口問道，島崎隨即用指尖敲了敲放在桌上的信封。

「無論是信封還是信紙，上面都完全沒有指紋。縣警的人有先去調查對方投遞的郵筒，但那是一個行人很少、附近沒有監視攝影機之類的絕妙地點，因此我們完全沒有寄件人的相關線索。科搜研有調查過印表機的機種，但只查出是超商和圖書館裡常見的那種大型機種而已……」

「以惡作劇來說，實在太過精心設計了。」

怜暫時同意了這個看法，但稍微思考了一下後，又覺得對方這麼做說不定也很正常。畢竟警方要是知道做這個惡作劇的犯人，肯定不會善罷干休。

「總之，我們不能因此而想太多。雖然不知道寄件人抱著什麼心態，但我們不可以正中對方下懷。」

土門用嚴肅的口吻說完後，把話題帶入正題。

「那麼，島崎警部補，可以麻煩您看一下記事本嗎？」

「嗯，請讓我看一下，因為我正是為此而來的。」

怜打開記事本，上面記錄著以下內容。

＊＊＊

【關於恩海市連環殺童案的備忘錄】

關於從九月開始在市內接續發生的連環殺童案，我做了以下推理。

凶手是被害兒童身邊的人，此外，被害兒童不是被隨機選中，而是被明確鎖定後遭到殺害的。

上述推理來自幾項證據。

首先，是第一個被害人遠野俊平被擄走時的情況。他從補習班回家時間已經很晚了，乍看之下會覺得很容易被凶手擄走，但卻無法保證一定是這樣。為什麼呢，因為他有騎腳踏車。

俊平的腳踏車被丟在位於補習班與他家之間的公園樹叢裡。因此，搜查總部認為「他是在順路去公園時遭到襲擊」的可能性很大，但這種看法有地方說不通。因為下過雨，當晚公園的地面泥濘不堪，可是公園裡卻沒找到輪胎痕跡和俊平的鞋印，不僅如此，找到的腳踏車輪胎上，也沒有驗出與公園內部地面成分相同的泥巴。

也就是說，正確的推測應該是俊平並沒有進入公園，而是在公園外面被綁架的，是凶手把腳踏車牽到公園裡面。警察也在公園裡找到了有人用腳把腳印抹掉的痕跡。

（我們也能推測，俊平的腳印是在這時候被凶手抹掉的，但凶手沒理由這樣做，而且也無法解釋為什麼沒在輪胎上找到泥巴。）

從以上各種跡象來看，凶手在路上擄走俊平的可能性很大。可是，比起對一個徒步的目標下手，要叫住一個正在騎腳踏車的人並自然地接近他，是非常困難的。

腳踏車車身上與公園附近幾乎沒有看到被害人反抗的痕跡，因而可以推測，凶手是相當自然地接近被害兒童的。

接著是第二起事件。這起案件的現場也有幾點情況顯示是熟人所為。

被害人葉澤實梨是從關鍵的鋼琴教室回家途中被綁架的，但卻有個很大的問題點。因為，從鋼琴教室到她家以及她被棄屍的現場，到處都找不到應該有的那樣東西。

換而言之，就是她到鋼琴教室上課時，總是會帶著的托特包以及放在包包裡面的琴譜和文具。鋼琴教室的老師與被害人父母都證明，確實有這樣一個托特包，可是警方卻完全沒找到。

或許是凶手開車綁架她的時候，包包就這麼留在車子裡，被凶手帶走了，也有可能是被丟棄在另一個不同的地點。但我卻在其他地方發現了比這個更重要的問題點。

那就是在實梨的襪子上發現的，屬於她自己的血跡。當她的胸口被刺穿導致大量出血時，她似乎彎下了身體，因而裙子與腿都沾到了血，但襪子沾到血未免太奇怪了。不對，準確來說，血沾到了她的襪子卻沒沾到她穿著的鞋子，實在太奇怪了。

也就是說，她是在室內被殺死，然後被搬到棄屍現場，凶手在那時才幫她穿上鞋子的吧？換句話說，托特包留在了那處「室內」。

而那處「室內」不太可能是車子內。從她流出的血量來看，凶手開著沾滿血的車回到家卻沒有引起任何人懷疑，這種可能性實在太低了。此外，根據驗屍官的檢查，屍體曾噴出了大量的血液，所以凶手處於可以立即更換衣物的狀況——例如在自己家裡——的可能性很高。

更進一步來說，倘若葉澤實梨是被強行帶進「室內」，便不可能好好地脫下兩隻鞋子。

綜合以上理由，可以推測她應該是被帶到熟人家裡殺害後，才被帶到現場棄屍。

關於現在正在搜尋中的空谷創也一案，也有幾個地方令我覺得不對勁，但日後再來詳述吧。

我想把因有凶手嫌疑而密切關注中的三個姓名先趕緊寫成名單留在這裡。

＊＊＊

這段筆記以那份「嫌犯名單」告終。

島崎花了短短一分鐘大致瀏覽過這份筆記後，抬起視線看向怜。

「是連城刑警找到這個的嗎？在整理父親遺物的時候。」

「是的……」

被其他人知道自己家裡有六年來一直沒整理過的地方，怜覺得很羞愧，但眼前不是說這些事的時候。

「原來……」

島崎苦惱地皺起眉頭，微微嘆了口氣。

「你就是連城忍作刑警的……」

「島崎警部補，莫非您……」

土門剛一開口，島崎便挺直身體主動開口說。

「沒錯。我參加過六年前的『恩海市連環殺童案』的調查工作，也與連城忍作警部補見過面。我們雖然所屬組別不一樣，不過同樣都在這裡——恩海警局工作。」

怜忍不住張開了嘴巴，但卻說不出話來。他萬萬沒想到會有這種事，因為島崎從來不曾提過他老爸的名字。

可是，她在縣警是警部補階級，所以六年前就已經在縣內擔任刑警也很正常。

「因此，沒有解決的三個案件我全都有參與……雖然最後並沒有逮捕到凶手。」

「原來如此……」

怜終於說了這麼一句話。他覺得自己對島崎的觀感產生了一點變化，卻又無法具體感受到是什麼變化。

「因為這個緣故，讓我懷疑自己是否應該談論有關連城忍作刑警記事本的事，於是才造訪這裡。這封信——雖然可能是惡作劇——也是一樣。畢竟在我心底，至今它們都還是我要負責偵破的案件。」

她這番充滿決心的話，讓怜感覺胸口發熱。看到島崎眼中靜靜燃燒的火光，怜覺得自己終於明白，她年紀輕輕就能獲得縣警的警部補地位的原因。

「好，那我們立刻重新進行調查吧。」

土門握緊拳頭，充滿幹勁地說道。怜與島崎也點了點頭。

「雖然無法分派出很多人力來幫忙，不過，這下子我們等於找到機會重啟已凍結的調查工作了。加油吧。」

「沒錯，縣警那邊應該可以找幾個人過來幫忙。」

島崎說道。怜請示土門：「那我們要從哪裡開始著手呢？」

「這個嘛……我們先假設凶手很有可能就在連城忍作刑警所留下來的『嫌犯名單』裡，來展開調查工作吧。畢竟他寫完這個沒多久就被殺害了。空谷創也的名字被他寫在筆記裡就是一項證據。」

「還有，這段筆記的用字遣詞格外關照看的人，這也是很重要的一點。」

島崎一邊用指尖敲著記事本，一邊指出。

「連城忍作刑警說不定是故意把它留在自己家裡的。也就是說……他是為了以防自己遭遇不測，才寫下這些東西的，它原本就不是他隨身攜帶的記事本。」

「說得有道理。這份名單上列出的人果然很不對勁……把目標鎖定在這幾個人身上並詳細分析那個訊息的話，我們或許能發現什麼也說不定。」

「咦，訊息？」

怜不禁重覆說了一遍土門的話，因為裡面冒出了他很陌生的詞彙。

土門的臉色用力一沉，開口解釋道。

「連城，有件事你可能不知道。事實上，我們警方還掌握一個可能會成為這個案件的關鍵的重大線索。」

「咦——究竟是怎麼回事？」

「那是我們在連城忍作刑警被殺害現場發現的。」

島崎邊說邊拿起腳邊一個薄薄的黑色包包，然後從裡面取出一疊文件。

「我們很肯定，空谷小弟弟遭人綁架後，一直被關在連城忍作刑警死亡的那個廢棄工廠裡……然後，那個廢棄工廠的牆壁上被刻了一個奇妙的符號。」

「符號……嗎？」

「嗯，就像這樣。」

怜整個人都被遮到眼前的一張照片給釘住了。水泥牆上被刻了一個痕跡很淡的棕色圖案……

那是一個看起來像圓圈與X疊在一起的符號。

「圓圈上面有X？不對，應該是叉叉嗎……這個符號是什麼？有什麼意義嗎？」

「關於它的意義，其實一直讓我們傷透腦筋，最後還是沒有想出答案過。不過，這的確是被害人空谷創也所畫的沒錯。」

土門斷言道。怜露出傻眼的表情，島崎從旁補充說。

「我們發現，這是用掉在同一個廢棄工廠裡的釘子所畫出來的。並且，我們在那枚釘子上找到創也的指紋和汗液，也從創也的手上驗出了與釘子成分吻合的鐵鏽。」

「是創也小弟弟被凶手關起來的時候，瞞著對方偷偷刻下的符號。」

聽到土門的話，怜倒抽了一口氣。

「這麼說……這個符號不就是……」

「是啊，沒錯，這個極有可能就是表明凶手身分的死前留言。」

5

從那天下午開始，島崎與怜便組成搭檔，去找寫在名單上的三個嫌犯。

名單內容如下。

幸田敏彥（三十四歲）補習班老師。教導遠野俊平和空谷創也。

葉澤朋美（三十八歲）護理師。葉澤實梨的母親。

田丸伸一郎（三十九歲）鋼琴教室的老師。教導葉澤實梨和空谷創也。

「這三個人都已經在六年前被調查過了。」

怜坐在駕駛座上，再一次確認記事本內容，坐在副駕駛座的島崎邊繫安全帶邊說。

「要說他們的嫌疑很大，卻又不盡然。不過，連城忍作刑警認為凶手是熟人，把這三個人視為犯罪嫌疑人是很恰當的做法。」

三個小朋友分別就讀不同學校，當初警方遲遲找不到有誰與他們皆有關連。怜心想，在這種情況下，與他們三個人之中的兩個有關聯的補習班老師及鋼琴老師，理所當然會被挑出來。他沒有細問葉澤實梨的母親被列入名單的原因，但當時似乎認定她「有動機」。

「第一站先去找補習班老師幸田敏彥吧。我已經跟他約好時間了。」

聽到島崎所言，怜踩下了油門。刑警是毋需與對方預約時間就能直接上門拜訪的少數職業之一——對方如果是罪犯，便隨時都有可能逃亡，況且聯絡了也沒意義——但這次情況不同。因為是重啟六年前的案件的調查工作，所以不得不謹慎一點。

「島崎警部補以前見過這個叫幸田的人嗎？」

「沒見過，這份名單上的三個人我通通沒見過。當初由我進行偵訊的相關人士，只有第三個被殺害的空谷創也的家屬們。」

死者的家屬——

驀地，怜想起了在這一連串案件中喪命的小朋友們的家屬。幾個年僅十歲上下的小朋友無緣無故被一一奪走性命，而且是在某一天，突然被身分不明的魔鬼所奪走。

他一邊開著車，一邊重新細細感受這起案件有多麼殘忍。

過了好一會兒之後他才想起來，自己不也是在這起案件中殉職的刑警的兒子嗎？

＊＊＊

補習班位於從恩海警局開車要開十五分鐘左右的地點。

那裡並非幸田家的房子，而是把房地產公司出租的房子租來當作補習班。那是一棟沒有裝潢的兩層樓建築物，只有一樓是補習班，樓上的窗戶則貼著正在招租的公告，整體讓怜覺得很半吊子。

「對了，關於我們等一下要見面的幸田先生，當初有找到他對學生抱有殺意的原因嗎？」

「沒有，我們完全沒找出任何動機。」

島崎用力搖了搖頭，同時回答道。

「我們只知道，他是與被害兒童之中的兩個有關連性的少數人物之一。」

兩人踏入了補習班。拜訪對象已經事先告訴他們不需要敲門或按電鈴。建築物內部比怜想像得還要寬闊。

在與玄關連接的同一空間裡，擺了六張用壓克力板區隔開來的自習桌。後方有個房間似乎是用來上團體課，透過鑲在門板上的窗戶，可看到裡面排著一些桌子。

因為現在時間才三點，補習班裡沒有半個小朋友，只有一個男人坐在其中一張自習桌前寫著字。

「這裡好久沒有刑警造訪了。」

當怜與島崎一入內，男人立刻站了起來，一邊這麼說一邊迎接來客。

兩個刑警脫掉鞋子踏到地毯上後，男人立刻帶著他們前往位於玄關左邊一處用隔板區隔開來的空間。這裡擺著一套相當正式的沙發組，應該是他與監護人促膝會談時使用的。

「啊啊，兩位請坐，我去泡咖啡。」

「不用麻煩了，我們大概十五分鐘就能說完了。」

島崎開口阻止，身體正轉向水槽的男人聞言，用誇張的姿勢聳了聳肩，然後在怜與島崎的對面坐了下來。

男人臉上的方框眼鏡給人一種理智的印象，整個人看起來防備心很強。身材中等，體格並不算很好，背挺得很直，一舉一動都帶著儀表堂堂的感覺，五官輪廓深邃的臉上露出自信滿滿的笑容。

「您是幸田敏彥先生——對吧？」

島崎確認了下電子記事本內容後，叫出了對方的名字。

名叫幸田的男人點了點頭。

「沒錯……請問我需要說什麼嗎？電話裡有說是為了六年前的案件進行調查，請問警方有發現新的證據了嗎？」

島崎對怜使了個眼色，怜於是開口說。

「我想您應該知道，那起案件裡，有一位進行調查工作的刑警殉職了。」

「嗯，我記得。」

「事實上，我們找到了他的記事本。」

怜抱著現在開始才是關鍵時刻的態度，緊緊盯著幸田。幸田很驚訝地揚起眉毛說：

「哦？」

「裡面有什麼與凶手有關的線索嗎？」

「沒有……不過，我們因此重新啟動調查工作，想著或許可以從您這裡問到一些新資訊。」

「唔，真是傷腦筋耶。如果沒聽到具體的問題，我就無法『回答』。」

「那我就問了。」

島崎插入對話。

「那起案件發生後已經過了很多年了，在那之後，您發現身邊有人針對那個案件說了一些讓你覺得奇怪的話，或是您本身有什麼新發現——請問有上述情況發生嗎？」

「如果有，我會聯絡警察的。」

這位補習班老師發出嘆息，並搖搖頭。

「我教導的孩子有兩個死掉了，我絕不會置身事外不聞不問……不對，縱使沒有這個因素，我也會盡一個市民應盡的義務。」

「是嗎……不好意思要重複詢問您六年前的問題，請問那兩位男孩子……俊平與創也的關係好嗎？」

「他們兩個偶爾會講講話。不過，因為他們讀的學校不同，兩家之間的距離也不近，我想他們的交流時間只有在我們補習班而已。」

幸田的視線往上一瞄。

「莫非那起案件不是隨機殺人，而是在動機明確之下殺人的……警方現在是以這個方向進行調查嗎？」

「我們正依據兩種可能性進行調查。」

島崎——用詭異的說法——平淡地回以一個模稜兩可的答案。幸田聞言聳了聳肩。

「是嗎？真心祝福你們能有好消息。」

幸田瞇起眼，視線落到自己手邊。

「……失去寶貝的學生，我的悲傷與他們的父母相比可能微不足道，可是，我再也不想遇到……那樣的事了」

怜實在無法想像，對方那雙哀傷的眼睛會是假的。

他能從幸田的這番話裡，感受到一股發自內心的真摯暖意。

（……可是，我必須懷疑所有人的清白。）

怜一邊回憶爸爸的臉，一邊狠狠叮嚀自己。

＊＊＊

拜訪第二個被害人——葉澤實梨的父母所居住的公寓大樓時，怜與島崎突然被告知這個消息。

「是的。」

「咦……她過世了嗎？」

「我的太太朋美上個月才剛過世。」

葉澤朋美的丈夫在大門口告知這件事後，沉默地拿出兩雙拖鞋，讓兩個刑警進屋。

這是一間頗為乾淨的公寓，面積還算寬敞。但怜他們進入的客廳卻有點空蕩蕩，四處堆著紙箱。這場景看起來很像準備搬家，但最有可能的是對方正在整理妻子的遺物。

朋美的丈夫——名字叫廉治——將寶特瓶裝的麥茶倒入玻璃杯，端給兩個刑警。他的眼角透露出濃濃的疲憊之色，臉頰看起來也有些消瘦感。可是，他那一頭由比例相當的白髮及黑髮交織而成的頭髮，卻很精心地從正中央梳出分線。

「那麼，兩位來此有什麼事嗎？……我女兒的案件有什麼進展了嗎？」

葉澤這麼問，怜便把找到了警察記事本的事告訴他，但卻隱瞞了自己與連城忍作刑警的關係——結果。

「真、真的嗎？」

葉澤突然支支吾吾了起來，並把頭髮往後撥。

「那麼，那本記事本上寫了什麼嗎？」

「嗯……寫了幾項新證據。」

島崎插入對話。葉澤先生失去冷靜的模樣，似乎讓她感受到不尋常的地方。

「可是，可能還要再過一段時間，才能把內容詳細告訴您，因為我們正處於確認階段。」

「確認……是嗎？」

對方看起來很不安，或許單純是知道案件有了新進展後，心情激動所導致。怜是這麼解讀的。

「那麼，我到底要回答你們什麼才好呢？」

「我想您應該非常難過，不過，關於案發當晚的狀況，我們有些問題想詢問一下。」

聽到島崎的話，葉澤焦躁地急促嘆了口氣。

「沒問題，那些東西我已經跟刑警說明過無數次了，現在又要再重複講一遍……對我來說，那些已經不是那晚的記憶，而是早已演變成因為不斷告訴刑警而縈繞在我腦海裡的記憶。」

「沒關係，請您說給我們聽。」

島崎用冷靜的——在怜看來是冷淡——的語氣催促對方說下去。

「那真的是一場惡夢。那天晚上，我在九點左右回到家後，太太對我說『實梨一直沒回家』，整個人驚慌失措。她還說她已經在住家附近找過，但沒找到人。於是我立刻報警，然後，我自己也在附近東奔西跑四處搜尋。可是那時候，實梨早就已經被運到離我家三公里外的地方了吧……」

葉澤的雙手摀住臉，長長地嘆了一口氣。

「關於當晚的事，我能說的只有這些。兩位還有其他想問的嗎？」

見兩個刑警連筆記都不寫，葉澤似乎慢慢憤怒了起來。怜覺得他的反應很正常，為對方感到同情。

畢竟這一趟「嫌犯巡迴行」的主要目的，是提出記事本的話題後窺探他們的反應。被問這種沒有事先構思好的無意義問題，對清白的被害人家屬來說應該是一件難以忍受的事。

可是，對比於同情心越來越強烈的怜，島崎的情緒絲毫不為所動。

「冒昧請問一下，尊夫人為什麼會過世呢？」

這個問題讓葉澤身體用力一震。然後，他挪開手，從手掌後面露出的雙眼狠狠瞪著島崎。

「為什麼問這種事？」

怜感覺到，對方又變得有點怪怪的。可是，葉澤才剛喪妻不久，再加上不得已談及很久以前死掉的女兒，會有這種反應算相當正常也說不定——怜心想。

「對不起，我問這個問題並不是別有所圖。讓您感到不快的話，我向您道歉。」

島崎用非常平淡的語氣說出很不客氣的話，並低頭鞠躬。為了追尋真相，她敢於問出可能會引人反感的問題，也可以為此道歉。她身為警察的那份正直，讓怜覺得感動。

見狀，葉澤似乎很覺得歉疚，便認真地回答。

「因為癌症。內人後來身體變得非常差，仔細想想，這也是理所當然的……因為實梨死掉之後的那種生活實在太痛苦了。」

葉澤沉重地搖了搖頭。

「不過，一切都結束了，一切……」

＊＊＊

怜開車駛過被夕陽籠罩的恩海市。坐在副駕駛座的是島崎。

車內的氣氛讓他覺得相當侷促。

「請問……我可以請教一件事嗎？」

「請說。」

怜開口打破沉默，臉朝著窗外的島崎挺直了背脊。

「為什麼——姑且不論其他兩人——葉澤朋美一個人會被列入嫌犯名單裡呢？雖說她

有動機，但我實在想像不出是什麼動機讓她對自己的女兒下手。」

「其實，包括剛剛見過面的葉澤廉治先生在內，在其他案件裡，被害人家屬通通都有完美的不在場證明，除了葉澤朋美女士。」

「啊，原來如此。因為是『身邊的人』，所以所有家屬都被篩選過一遍了嗎……但即使如此……」

「嗯，依照常識來說，大家很難相信這世上會有父母殺害自己的小孩。可是……看看電視新聞，這世上充滿了違反常識的事。」

「可是……」

「這位葉澤朋美女士。」

為了封住怜的反駁，島崎尖銳地說。

「事實上有育兒焦慮傾向……據說她斥責實梨的嚴厲怒吼聲響徹公寓大樓的次數並不少。」

「真、真的嗎？」

「她的丈夫廉治基本上不參與育兒工作。身為夜班護理師的朋美女士每天生活都很忙碌，必須獨自負擔起照顧丈夫和女兒的工作，附近鄰居們常常看到她可憐的模樣。實梨被殺的幾個星期前，據說她的手臂骨折打了石膏，但丈夫還是完全不做家事，一樣通通丟給朋美女士……我們當時打聽到這些事。」

怜覺得自己聽到了很不舒服的內容。

他不想討厭葉澤廉治這個可憐的男人，但聽完那些軼聞後，他的看法變了。

不對，或許只是自己對其他人的想法太過天真。

——難不成我其實不適合當刑警嗎？

怜感覺心底出現了這樣的念頭。

6

他們是在隔天去見鋼琴老師田丸伸一郎的。

那天的雨勢很大，進入這棟塗了雅緻白漆的房子裡時，怜和島崎的肩膀都被淋溼了。

兩人一邊用手帕擦拭肩膀，一邊在屋主的帶領下走進上課教室。

「真的很久沒有刑警過來這裡了。」

這個男人以低沉穩重的男低音說道。

他坐在一張擺在鋼琴前沒有椅背的椅子上，體格頗壯碩，套在白襯衫外面的藍色毛衣被撐得很緊。

「田丸伸一郎先生。」

怜叫出眼前這個男人的名字。身體陷入柔軟沙發的感覺讓他有些浮躁。

「在六年前的一連串案件中失去性命的葉澤實梨與空谷創也，據說是跟您學習鋼琴的……」

「沒錯，沒錯。」

田丸說話速度很快。

「那起案件真的很殘忍。在他們兩個被殺之前，聽說市內已經有一個小男孩犧牲了。然後在創也的案件發生時，連刑警也喪命了……」

田丸屬於重低音的嗓音變得更低了，同時他緩緩搖了搖頭。

「那時候刑警也問了我一大堆問題，因為我是與那兩個孩子有關連性的少數大人之一。」

不過，由於市內的鋼琴教室很少，住在同一城市的小孩恰巧上同一家鋼琴教室，的確是很有可能發生的偶然。怜把這個想法告訴田丸。

「能聽到您這麼說真的很感激……既然如此，為何兩位要到我這裡來呢？」

「因為我們開始為六年前的案件進行調查，基於再次調查的一環，我們有些問題想請教您。」

島崎如是回答後，田丸魁梧的身體往前一傾。

「再次調查嗎？也就是說，警方找到了什麼新線索了嗎？」

「是的。」

島崎一邊緊盯著田丸的雙眼，一邊說出這句話。

「最近我們找到了一樣東西。就是為那起案件進行調查時殉職的那個刑警的記事本。」

「啊……」

田丸的反應很遲緩，但也可能是裝出來的。怜轉變自己的想法，緊盯著他的眼神。

「因為這個契機，我們也找到了許多新證據，便展開了調查工作。」

「新證據嗎，例如什麼？」

「現階段還不能說……」

怜含糊其辭地回應，田丸懷疑地聳了聳厚度適中的肩膀。

「那麼我究竟該回答兩位什麼呢？」

「請問死亡的葉澤實梨和空谷創也很常見面嗎？」

「這個問題我在六年前已經回答過刑警無數次了。」

田丸突然激動起來，用低沉嗓音大喊。

「就我所知根本沒那回事，因為那兩個孩子的上課時間不一樣，連上課日子也不同。由於父母的教育方針，實梨從來不曾參加過發表會，所以他們也不曾在會場見過面。」

不讓女兒參加發表會——

葉澤實梨這個少女究竟與父母構築了怎樣的親子關係呢？一想到這裡，怜不由得感到鼻酸。

「原來如此。」

島崎輕快地帶過話題，轉向下一個問題。

「那麼，您對這兩個孩子的印象如何呢？」

「……印象嗎？我會回答您，他們當然都是好孩子。來我這裡上課的孩子全都是好孩子……該怎麼說呢，大概就是一種『溺愛學生的老師』的狀態吧。」

田丸倏地瞇起眼睛，摸了摸下巴。

「那兩個孩子都進步得很快，尤其是創也，明明才五年級卻已經學到國中程度了。他第一次看樂譜就能彈出很多曲子……他們如果還活著，現在大概是高中生了吧。說不定可以在全國大賽上……」

然後，他突然回過神似地搖了搖頭。

「算了，我還是別再數死掉的小朋友年齡了……」

他沉默下來後，怜覺得屋外的雨聲變得異常響亮。

＊＊＊

過了正中午。

怜與島崎回到了恩海警局的某間會議室裡。

土門問道。他們兩人面面相覷，像是事先商量好般同時露出微妙的表情。

「收穫如何？」

「田丸伸一郎在我們特別提到記事本時，並沒有露出顯著的震驚。但不能排除對方有故意偽裝的可能性。」

島崎淡淡地說。聽完她的話，土門低吟。

「看來，凶手就在那張名單裡……這種先做再說的假設思考法，我覺得實行起來也很困難呢。」

「意思是？」

怜問道。

「唉，島崎警部補應該早就知道了，事實上這三個有嫌疑的人全都在某個案件中擁有不在場證明。」

「咦，您說什麼？」

「補習班老師幸田先生在實梨被殺的第二起命案當天，在北海道參加喪葬法會。在那個關鍵夜晚，他是絕不可能在恩海市進行犯罪的。另外，田丸先生在第一起事件──遠野俊平被殺害的那一天，參加了在福岡舉辦的鋼琴獨奏會，有許多證人可以作證。」

土門很詳細地進行解說，但這些突如其來的新情資，讓怜在心底大吃一驚。

「至於葉澤朋美女士……」

「她在第一起案件發生當時有隻手骨折了，手臂用吊帶吊著，但在女兒被殺的第二起事件發生前，似乎已經痊癒了──唉，這種說法還真讓人討厭。總之，抓走遠野俊平並對他做出那樣無情的行為，對當時的她來說是不可能的事。」

「她的丈夫……葉澤廉治可能是共犯啊？」

「他在第一起案件當晚，在東京的公司通宵工作，早上才回到家。因為那時候正在進行一項大型企畫案，許多員工都記得他在公司。」

加上島崎的解說，等於被列入名單裡的所有嫌犯，都以某種形式取得了不在場證明。

「咦……這樣不就碰壁了嗎？為什麼不在一開始就告訴我呢？」

怜一不小心就用親暱的口吻說話。他趕緊閉上嘴巴，但土門不以為意，朝他歉疚地說「抱歉」。

「不過，我先前應該有說過，他們都是在六年前已經被納入調查的人物。但後來所有人擺脫嫌疑……換句話說，就是因為有證據。證據就是不在場證明。」

土門說到這裡就停住，島崎接續下去。

「可是，一想到凶手可能是他們，我們馬上就能列舉出各種情況，而且也還不能徹底否決凶手不只一個的假設。如果無法攻破不在場證明，我們不信從其他角度切入也不行——因此，才會進行這次的拜訪。」

可惜沒有半點成果——

一種空虛感襲上怜的心頭。另一方面他也在想，六年來一直沒有解決的案件果然不會這麼容易破案。

「話說回來，這真的很讓人心酸呢。」

土門抓了抓太陽穴低聲說著。

「無論是哪種犯罪都不該被原諒，第三者隨意奪走別人的性命同樣可視為一種罪惡。可是，遇到有小朋友犧牲的案件，我們肯定都會格外覺得沒天理……像我自己，就把自己的女兒投射到被殺死的小朋友們身上。」

土門的話配合傾盆大雨的聲響，讓氣氛莫名變得感傷了起來。

「在發生俊平的第一起事件的半年前——大概是四月吧，同一所國小裡才剛發生過兒童死亡意外。有個學童在放學途中誤從橋上摔到河裡，雖然不是人為犯罪……受那起意外影響，恩海市內加強了保護兒童安全的措施。」

經對方這麼一提，怜覺得自己好像也聽過那則意外的消息。不過因為同樣發生在市內的殺人案的衝擊，導致他徹底忘掉了。

「就在這時候，俊平的命案發生了。我當時並不在恩海警局工作，所以沒有直接參與調查，但我記得很清楚當時出現了對警察的強烈抨擊。」

「沒錯。」

島崎一邊整理桌上的文件一邊點頭。

「相似案件一再重覆發生的話，就會出現『都已經有先例了為何還無法預防』的憤怒意見。警察常常會碰到這種情況。」

「嗯，所以我們也是飽嘗辛酸，但我想說的是，如果站在丟掉性命的小朋友父母的立場……我能想像他們必定很自責吧。他們可能會想，明明都發生過先前的事件了，為何我沒有更加注意一點呢。」

土門鬱悶地搖搖頭。

「然後，在孩子過世之後，父母們大概還是無法停止想像『如果那孩子還活著的話』。六年是一段很長的歲月，可以讓一個小孩長得很大。自己的小孩在六年後會長成什麼模樣呢……當父母的很難不去想像吧。」

——就在這時候。

原本面無表情地傾聽土門追憶往事的島崎，突然輕聲說「啊」。

「……我想起來了。」

島崎突然說了這麼一句話。怜反問：「什麼？」

「連城刑警，我想起先前發生童話作家命案的時候，你送出警局的那個青年的身分。」

「您說三上嗎？您那時候說過他很眼熟對吧。」

「他的名字是什麼？」

「叫光彌。」

因為島崎用嚴肅的語氣詢問，所以怜弱弱地回答。

「果然沒錯……」

島崎確信了某件事，低聲說道。接著，她從堆疊成山的調查資料中，抽出「空谷創也命案」的檔案，嚴肅地開始翻閱。

然後，她翻開某一頁並推給怜。

「請看這個。」

怜被那一頁的內容釘在原地，啞然失聲。頁面上寫著這麼一段文字。

當天十八點五十分左右回到空谷家的哥哥光彌（十二歲，國一）發現創也不在家，便到附近搜尋他。後來——

後面還有一段文字，但看到這裡已經夠了。

原來，三上光彌是空谷創也的哥哥。

7

那天晚上，怜回到家後聯絡了家事服務公司。

然後，上門的果然是負責這個區域的光彌。

由於外面下著滂沱大雨，所以光彌稍微被淋溼了。

怜麻煩他煮晚餐，同時自己坐到客廳的沙發上，側過頭看著對方的身影。光彌還是一樣頂著一張撲克臉。

「三上。」

煮菜過程中，怜呼喚了家政夫的名字。

「一起吃吧。」

光彌沒說什麼但面露疑惑。

「算我拜託你。」

怜的聲音既像請求又像硬擠出來的，光彌被他的氣勢鎮住，僵硬地點點頭。

然後，在光彌的「省時料理」的幫助下，兩人很快坐到了餐桌前，但卻沒有交談，雙方也都沒怎麼動筷子。光彌注意到怜似乎有話想說。

「那個……」

怜毅然決然開了口，光彌的視線突然往上移動。光彌回視自己的眼神實在太耿直，害怜的話都哽在喉嚨裡。

「……沒事，我只是覺得這道菜真好吃。這是什麼？有名字嗎？」

怜用筷子指了指面前盤子上的菜餚。

「它叫青椒肉絲。」

「……啊，青椒肉絲嗎……這個青椒的切法真漂亮。」

怜很懊悔自己在詭異的氣氛下開口，為了打哈哈過去他繼續往下說，結果反而導致對話內容變得詭異。光彌詫異地回視他，然後回答。

「多謝誇讚。青椒要縱切比較好，橫切的話，會導致它的營養成分——名叫槲皮素，可以防止脂肪堆積——從中流失。」

「真的嗎？你說的話總是能提供我有用的知識呢。」

雖然這麼回應，但怜其實完全沒記住光彌說了什麼。

到最後他還是沒能把話題帶入正題，這頓飯就吃完了。

「啊，我來收拾就行了。」

青年。

光彌阻止準備端起碗盤的怜，開始整理餐桌。他分兩次把所有餐具收走，然後在水槽裡洗起餐具。

怜默默地看著光彌。他繼續坐在椅子上，一直看著這個用死氣沉沉的眼神努力洗碗的青年。

看著看著，怜終於下定決心。

當他做了個深呼吸後張開嘴巴時，光彌也正好用水沖乾淨最後一個盤子。

「三上，你……」

光彌抬起視線。怜先吸了一口氣才繼續往下講。

「你是六年前被人殺害的空谷創也的哥哥對吧？」

怜很鄭重地說出這句話後，光彌停下了手上的工作，從水龍頭流出的清水自然而然地被排水孔吸收。

光彌水潤的嘴唇半開，眼睛直直回視著怜。那雙漆黑幽暗的雙眼宛如深淵，看不出任何一絲情緒。

「……那又怎樣呢？」

這就是光彌的回答。聲音冰冷，也沒有任何情緒在內。

「沒怎樣……」

怜不由自主有些畏縮。可是，現在是必須鼓起勇氣面對對方的場面。

「我有話想告訴你，『光彌』。」

為了與弟弟的姓名做區別，怜直呼對方的名字。

「我的父親——連城忍作是負責偵辦創也命案的刑警。」

光彌沉默地關上水龍頭，用圍裙擦了擦手。平日的他是不會做這種動作的，怜從這一點看出了他的一絲無措。

「縣警那邊有一位名叫島崎的刑警，她還記得你。當時擔任恩海警局刑警的她，據說曾經偵訊過還是國中生的你。」

「我還記得。」

光彌用細若蚊蚋的聲音回答，並緩慢地朝著怜走過去。然後，怜以手勢示意他坐下來，兩人便同時坐到椅子上。

「……為什麼要告訴我這種事？」

「因為我有義務告訴你。」

怜緩緩地做個深呼吸之後，慎重地組織話語。

「事實上，警方開始針對那一連串的命案進行調查了。這全多虧了前陣子我與你一起整理閣樓時，找到的那本記事本——那是我老爸的記事本。」

「那裡面有創也命案的線索嗎？」

聽到「創也」這種叫法，怜在感到驚訝的同時，也對此感到心痛。光彌重要的弟弟死掉了，就在他還是國中生的時候——弟弟被人殺死了。

「沒錯。老爸他自己進行推理，鎖定了幾個嫌犯，然後，好像有一些新證據因而慢慢浮上檯面。」

「是嗎？」

光彌倏地垂下了視線。

「你是特地告訴我這些事的吧，非常謝謝你。」

他只說了這些，便低頭鞠躬。雖然言詞與動作都很有禮貌，但聲調中卻帶著一絲對怜的拒絕。

怜沒辦法再繼續說下去。

因為，他已經沒有任何事需要問光彌了。何況，他也不能把調查狀況告訴對方，更別提嫌犯們的資料了。畢竟光彌是命案相關人士。

可是，有件事讓他實在好奇得不得了。

「你在先前的案件裡發揮過推理能力……還說過自己在大學修犯罪心理學，這些……也都是為了創也嗎？」

聽到怜的問題，光彌一時間回答不出來。

他那纖細修長的手指在桌子上挪動了好幾次，然後一邊用死氣沉沉的眼睛看向自己的手，一邊搜尋表達詞彙。

「因為我弟弟的死，我要負責。」

光彌用沙啞低沉的聲音打破沉默。

「咦……？這話是什麼——」

「那一天……我弟弟被殺的那一天，是接近聖誕節的一個十二月的夜晚——日期是星期一。那一天，我的學校比較早放學，於是就和朋友一起出去玩了。我們去打了保齡球。我心想反正弟弟在家，就一路玩到了晚上八點。可是，等我回家以後，卻發現弟弟不在家，明明那一天不用補習的。」

光彌突然用毫無抑揚頓挫的語調開始講述，怜用力屏住呼吸專心傾聽。沒人有辦法在這時候插嘴。

「那一天我父母都因為工作關係沒有回家……我打電話去弟弟的朋友家，還在附近四處搜尋，可是就是找不到我弟弟。到處都找不到他。正當我驚慌失措的時候，媽媽她回家了。我把情況告訴她之後，她馬上就去報警了。」

光彌原本平淡的描述漸漸帶上了激動。

「然後，警察開始展開搜索。後來的那段等待時間，簡直就像在地獄裡一樣。這個事件的結果大家都已經知道了，現在實在沒必要再對連城先生說……但那真的是一段……」

光彌說到一半停下來，頭顱垂了下去。

「非常痛苦的時間。」

怜不知道該如何安慰他，只能默默凝視著他的後頸。

「因此，我要為弟弟的死負責。所以……我覺得自己必須贖罪才行。因此，所以我……」

「才沒有那種事！」

怜不禁大吼出聲，並踹了椅子一腳。

「不對的人是殺害創也的凶手，你沒必要責怪自己。」

「弟弟死亡一年後，我的父母離婚了。」

光彌用右手搓了搓自己垂著的臉。

「我被媽媽帶走，從那時候起，我就從爸爸的姓氏空谷改成了媽媽的姓氏三上。」

他的聲音充滿顫抖，從中洩漏出怜至今從未感受過的強烈情緒。

「爸爸一直對我說『如果你沒去外面閒晃，創也就不會死了』。」

怜啞口無言。

「所以，我必須贖罪才行，為了創也……」

「所以你才去學犯罪心理學嗎？」

「嗯，不然也沒有其他理由……我想透過某種形式，創造出讓警方再度調查那起事件的契機。」

「寄那封信的不會是你吧！」

「啊？」

光彌一臉目瞪口呆地抬起頭。發現他的眼角有淚光閃爍，怜頓時手足無措。

「啊──不……是我搞錯了，抱歉。」

他假咳幾聲後張口轉換話題。

「該怎麼說呢，那個……我覺得自己可能沒資格這麼說啦。」

他輕輕地把手搭在光彌肩膀上。對方的身體比他想像中更纖細且溫暖。

「但你也該原諒自己了吧？」

光彌驚訝地回視怜。

「你非常喜歡你弟弟吧，喜歡到苦惱成這樣。你弟弟是不會恨你的，無論有誰對你說了什麼。」

「……是這樣嗎？」

光彌瞇起眼睛，垂下視線。

「到了關鍵時刻，我卻什麼都做不了。這種完全靠不住的哥哥，肯定讓他目瞪口呆吧。」

「拜託你！」

怜大吼出聲，光彌瞪大了眼睛，重新把視線放到他的臉上。

「不要再那樣自責了。」

不知不覺間，怜抓著光彌肩膀的手加重了力道。

「你爸爸離開你之後，你應該一直從旁支撐著你媽媽吧？肯定是這樣沒錯。因為不管是打掃還是做家事，你的技術全都很高超不是嗎？你可以為自己感到驕傲的。雖然你總是露出一副這沒什麼的表情……但你至少要明白，能做好那些事已經非常厲害了。」

光彌說不出話來，嘴唇一直顫抖著。或許從來沒人對他說過這種話也說不定——怜驀地想到這一點。

「即便你沒有推理能力也無所謂，不是名偵探也沒關係，只是作為家政夫的你……已經非常了不起了，不是嗎？」

怜無意識地變成了懇求的語氣。

光彌瞪大眼睛凝視他的臉一會兒後——臉一皺，大顆淚珠溢出眼眶。

淚珠滑過白皙精緻的臉龐，撲簌簌地落到桌上。

怜鬆開手，沉默地一直盯著他的肩膀。

這段時間持續了很久。一分鐘，兩分鐘，三分鐘……怜心想，就算永無止盡地持續下去也沒關係。

最後，光彌終於抬起頭來，那張臉上露出了怜之前不曾見過的神情。

「謝謝你，連城先生。」

光彌笑了，淚水從他眼角滑落，畫出一道水痕。怜伸出手，輕輕地幫他擦掉。

＊＊＊

家事服務公司〈MELODY〉的形式是讓接到聯絡的員工自己直接前往工作地點。因此，光彌也是直接來到怜的家裡，沒必要回去所謂的「總部」。

外面的雨下得很大，天空已經徹底暗了下來，怜便讓光彌在家裡住一晚。

他把自己的運動服拿給對方穿，尺寸稍微大了一點。

「那個……我有件事想找你談談。老實說，就在兩個星期前，縣警收到了一封奇怪的信。」

坐在沙發上的光彌猶豫不決地抬眼，看向洗完澡正在擦頭髮的怜。

「告訴我沒問題嗎？辦案情況……我可是相關人士。」

「我不覺得你會透露給其他人，而且正因為你是相關人士，說不定可以發現一些東西。畢竟這是一直沒破案凍結到現在的案件，多少必須冒一點風險。」

怜朝光彌眨了眨眼。光彌臉頰微微發紅，然後把視線轉到一旁。

「你實在不適合做那種動作。」

「哭到剛剛的你有資格說我嗎？」

「我不是……」

看到光彌結結巴巴的模樣讓人有點愉快，但怜注意到現在不是拿這種事打趣的時候。

「那封信的內容真的很奇怪……」

怜對光彌講起那封信的事。

光彌的表情逐漸冷硬起來，眼中露出一如既往的聰明光芒。

「原來如此……真的是非常有意思呢。」

聽完之後，他發表了這樣的感想。

「你有什麼看法？」

「有一個……就是『為什麼是這個時候呢』。我的意思是，為什麼是過了六年後的現在呢？為什麼不是選去年也不是選前年，而是選現在呢？畢竟追溯期已經被取消了，也沒有出現什麼轉折點。所以說，假設是寄件人那邊發生了某種大事會比較妥當吧？——而且是最近才發生的。」

「啊……」

怜心底有個頭緒了。

仔細想想，那是非常正常的情況。說不定島崎也早就注意到那一點了。

「我明白了，謝啦，光彌。你的這個意見非常有用……我可以順便問問另一件事嗎？」

「什麼事？」

「那個……創也當初留下來的那個訊息，你應該也看過了吧？」

「嗯……」

光彌垂下視線，用指尖輕輕捏住運動褲膝蓋附近的布料。

「你是指圓圈上面畫了叉叉的那個對吧？」

「沒錯。因為創也的手被綁住，所以無從得知他是從哪個角度畫的。關於這個符號，我想你可能會有什麼看法。」

「那個符號對我來說也一直是個謎題。島崎刑警有讓我看過照片，問我有沒有頭緒……」

說到一半，光彌輕笑出聲。

「怎、怎麼了？」

「沒事，我只是想到了一件蠢事。」

「你在說什麼啊？」

「我一心想著弟弟，甚至跑去學犯罪心理學，但卻沒想過要當警察，連城先生不會覺得很奇怪嗎？」

雖說自己本身就是警察，但聽到光彌這麼說的同時，怜才初次發現自己從沒冒出這個想法過。

「呃……為什麼這麼說？」

「我認為情況非常奇怪，便一直把『說不定』的念頭變得越來越複雜。比如警察一直抓不到犯人也太詭異了，說不定有什麼龐大的力量在運作，想讓創也命案的真相沉入大海……之類的。現在的話我已經發現那些想法很不切實際，丟掉那些假設了。」

「真是拐彎抹角，你到底在說什麼啊？」

怜用力瞪大眼睛回視光彌。然後，光彌臉上浮現惡作劇的表情，讓怜鬆了一口氣。

光彌在半空中畫出圓圈與叉叉的符號。

「圓圈與叉叉，是派出所的地圖符號。」

「這種想法真是蠢透了！你以為警察就是凶手嗎？」

怜把光彌烏黑亮麗的頭髮給亂揉一通，光彌吃驚地抬起手臂。

「喂，請不要這樣！我不是說我已經丟掉了嗎……」

「不過，假設當然是多一點最好，我很高興你能告訴我這些話。可是，如果答案真的是地圖符號，應該早就有哪個刑警發現了吧。」

「說的也是。但或許有更不起眼的……」

光彌話說到一半又閉上了嘴巴。

他一邊用手指描著嘴唇，一邊露出沉思的神情。

「嗯？怎麼了？」

「沒事……」

光彌忽然抬起頭。

「剛剛我覺得腦海中好像閃過什麼線索。」

「咦，真的嗎？」

「可是……念頭還是很模糊。睡一個晚上後或許能想到什麼。」

「也對，今晚就到這裡，我們快睡吧。你就在我的房間睡，我會去沙發睡。」

怜這話一出，光彌從椅子上起身的同時發出噗哧一笑。

「讓當家政夫的我睡床鋪，身為房子主人的連城先生卻睡沙發嗎？真奇怪。」

「沒差啦。現在的你不是『家政夫』，而是這個家的客人。」

＊＊＊

隔天，怜在五點醒過來，然後刷牙洗臉準備上班。

他躡手躡腳地走進自己房間想拿西裝，結果發現光彌仍睡得一臉香甜。

怜在床頭櫃上容易被看見的位置，留下字條與家裡的備份鑰匙。

「……我去上班了。」

低聲說完後，他便出門去了。

開車時怜察覺到，自己其實一直想這麼做——

出門的時候和回家的時候，家裡都有人在。他察覺到，原來自己渴望著這樣的些微溫暖。

8

「寄這封信的人是你吧。」

當雙方一在大門口對峙，怜馬上朝對面的男人這麼說道。男人嘴巴微開似乎想說什麼，但又閉上了嘴。

「究竟是怎麼回事？請回答我的問題。」

站在怜旁邊的島崎質問男人。男人仍然很驚慌失措並且轉開視線，島崎毫不客氣地接二連三逼問。

「究竟是怎麼回事，葉澤先生？」

葉澤廉治碰地一屁股坐到木質地板上，並把額頭貼在自己的雙膝之間，呈現抱腿而坐的姿勢。這種如孩童般的動作帶著一點毛骨悚然感，讓怜不由自主皺起眉頭。

「為什麼你們會發現是我……」

「……為什麼會是在這種時候寄信呢。」

怜開口解說。

「從這一點來思考，您是最可疑的人物……那封信是在兩個星期前寄到縣警總部的，為什麼會是兩個星期前呢？既不是去年寄，也不是前年寄，為什麼偏偏是現在寄呢？其中應該存有某種原因。這麼一想，答案就浮現了。寄件人是上個月太太剛過世的您。」

「您寄那封信的意圖……」

島崎嚴厲地追問。

「是要我們只關注在第一起與第三起命案中，可能有殺人動機的人——那封信的涵義是這樣對吧？」

「沒錯……」

葉澤沒有抬頭看島崎就直接回答了。

「不小心知道我女兒……實梨的死亡真相之後，我明白自己應該把這件事告知警方。我的理智告訴我……只要我那麼做，六年前那些命案的調查工作就會有所進展，而且那也是一個善良市民應當做的事。可是，我實在覺得好害怕……」

「也就是說，殺死實梨的人是……」

島崎毫不留情地直指核心。

「您的太太是嗎？」

失去了女兒與妻子的這個男人靜靜點頭。

「沒錯。殺死我女兒的人是我的太太……朋美。我是從太太的手記裡知道這件事的。」

他說，在朋美死後，他偶然間找到了她藏在衣櫃的深處再深處的手記（怜暗想，這次也是因為整理遺物而推動了命運）。然後，因而得知殺死女兒的其實是妻子。而且，朋美的罪行不只這樣而已。

「……她在殺死女兒之前，就已經犯下可怕的罪行了。」

「是那把刀嗎？」

島崎冷靜地詢問，葉澤無力地點頭承認。

「嗯……我太太在上完夜班回家的半路上，發現了那個名叫遠野俊平的少年的屍體，然後，她把插在他屍體上的刀子拔了出來。」

「為什麼要做那種事？」

怜聲音艱澀地問。

「太太在手記裡寫，她當時心想『或許總有一天我會朝女兒刀刃相向』。然後，遠野小弟弟被殺害時，她剛好因為骨折而用吊帶包住手臂——加上她有在醫院上晚班的不在場證明，所以如果她用那把刀殺人，在女兒的命案裡不就可以擺脫殺人罪嫌了嗎。」

原來是有預謀性的殺人嗎——

思及此，怜有一種心痛的感覺。

「可是太太說，只要女兒當個『好孩子』，她就永遠不會拿出刀子。但那個晚上，兩人好像因為一點瑣事而起了口角……」

葉澤用細如蚊蚋的聲音說著。

於是妻子朝女兒動手了，而且殺人地點就在這間公寓。為了使命案看起來是由前一起案件的同一凶手所為，朋美開車把屍體載到遠處去丟掉……

「自從命案發生後，我太太她每天都活得像具空殼，我一直以為是失去女兒的打擊害她變成那樣的……不對，或許是我自己想這麼認定的。我竟然什麼都沒發現……什麼都……」

「我們需要扣押那本手記。」

島崎用相當公事公辦的口吻丟出這句話。葉澤靠在牆壁上，抬起空洞的雙眼看向島崎。

「……它放在這房子最裡面的房間，我的桌子上了鎖的那個抽屜裡。鑰匙掛在那邊桌上的那串鑰匙裡。」

「我去扣押手記，葉澤先生就麻煩你了。」

島崎朝怜嚴厲地交代完後，便踏上走廊走進屋子裡。

空蕩蕩的玄關只剩兩個人，怜垂眼看向這個可悲的男人。

「……朋美她大概很想詛咒我吧。她自己很怕接受法律的制裁，可是……可是卻想讓我也感受一下她所背負的罪孽之深重，所以才會留下那種手記，那種……」

可能是昨天聽到光彌那番話的影響，怜發現自己實在無法對這個男人產生同情。動手殺人的或許是葉澤朋美沒錯。

可是，讓朋美的內心崩潰，讓她步上瘋狂殺人凶手之路的——不斷在她的心靈堆疊看不見的重石的那些導火線之一，毫無疑問就是這男人。怜不由得產生這樣的想法。連在朋美骨折的時候，都沒有給予任何安慰的這個男人，才是真正的殺人凶手。

「……您之所以寄那封信，是出於贖罪嗎？」

「嗯，嗯。如果警方知道只有實梨命案的凶手不一樣，調查工作肯定能有進展，這麼一來，被殺害的那些孩子們就能了結遺憾了。可是……我好怕，我真的好害怕太太的殺人凶手身分被揭穿，而我……被印上加害者家屬的烙印。」

「所以，您是抱著傳遞『關注第一起命案和第三起命案的涉案人士就好』這個訊息的念頭，而寄出那封信的？」

「我也覺得自己的行為很莫名其妙，但我實在想不出其他好主意了。」

葉澤的恐懼來自被大家知道自己的妻子是殺人凶手——而且還是殺死女兒的凶手。以及奪走兩個小孩性命的殺人凶手至今還逍遙法外，沒有受到制裁，讓他覺得很氣憤。而且長久以來，他一直相信女兒的性命是被同一個凶手奪走的。這兩種情緒肯定一直撕扯著他的心。

這一切化為了那封語無倫次、意義不明的信，表露在陽光下。

「我好蠢，我真的好蠢……明明我只要帶著太太的手記去交給警察就好了。可是我辦不到，這麼簡單的事我就是辦不到。我好怕，我真的好怕……」

葉澤抓著自己的頭。

怜懷著一種既非同情或憤怒但又難以言喻的情緒，垂眼看著對方的頭。

9

後來，島崎叫來的縣警刑警們趕到了這棟大樓的停車場，要求葉澤廉治前往警局協助調查，葉澤乖乖地跟著走了。

島崎也搭著他們的車離開，剩下怜獨自一個人。

他一邊開著車一邊思考。

（……我先繞回家裡一趟吧。光彌應該還在吧？）

現在已經將近十點，對方應該已經走了，但謹慎起見還是回去一趟好了。

（話說回來，這下子幾乎可以確定了……）

某一條軌跡，浮上怜的心頭。

剛剛他們在葉澤面前雖然沒有交談，不過島崎應該也在思考同樣一件事。

第一起、第三起案件的凶手與第二起不同——

也就代表了在第二起案件中擁有不在場證明的人，會再次進入嫌犯名單裡。

怜在思考「他」的事。

那個男人真的是冷酷無比的殺人凶手嗎——

在腦袋因為睡眠不足而處於混沌狀態下，怜回到了自己家。玄關沒看到鞋子，他馬上就明白光彌離開了。

他爬上二樓，發現光彌把他的床鋪整理得很整潔。

（他真的很細心耶……）

怜邊想邊朝自己的桌子走過去。就在這時候。

「咦？」

他不禁叫出聲來。

因為光彌在桌上留了字條。

「我有頭緒了，現在要前往以前在補習班指導弟弟的幸田老師那裡。雖然我只聽過這個人的名字，但我有證據顯示，他也許在這些命案裡扮演了很重要的角色。」

怜錯愕不已。

幸田敏彥。

那個人不正是剛剛自己推測出的真凶嗎！

一發現這一點，怜立刻跑出房間，衝下樓梯，一把抓起放在鞋櫃上的車鑰匙後跑出家門。

他把油門踩到底將車開上路後，才終於重新轉動腦袋瓜。

（可是，光彌為何會發現呢？他好像對那個死前留言冒出了一些念頭，莫非是從其而來的？）

還有，關於那個圓形與X結合起來的符號涵義是什麼？

怜一邊開著車，一邊冥思苦想。大馬路上沒有其他車輛，睡意與疲勞全被拋諸腦後，他把意識同時集中在開車與思考上，進入超越大腦極限的狀態。

（是幸田的「田」嗎……？這樣說不通。畢竟如果沒有「幸」字，天知道那是誰的名字……）

正當怜思索到這裡時，前方的紅燈映入視野，他連忙踩下煞車。

那一瞬間，他的專注力忽然中斷，思緒打結。

一邊等待紅燈轉綠，怜一邊焦急地用指尖敲打方向盤。他心想如果開的不是自家用車而是警車就好了，同時眼睛看著越過斑馬線的行人。

然後，腦海中浮現了一張臉。

是幸田的臉——那張溫和又游刃有餘、帶著些微知性氣質的臉。

倘若那個男人就是在六年前奪走兩個少年性命的殺人凶手，他的動機究竟會是什麼？

有什麼東西把原本是補習班溫柔老師的他，轉變成一頭嗜血野獸嗎？

或者是他原本就是一頭嗜血野獸呢——？

正當怜思索到這裡時，紅燈突然轉變成綠燈。

（要想晚一點再想！）

怜踩下汽車油門。

怜把車停在幸田補習班的三十公尺外。他迅速編輯一則只寫著「我去幸田那裡」的簡訊發送給島崎後，才衝下車子。

因為現在沒有正在發生中的重大犯罪，所以他身上沒帶槍，雖然內心感到不安，但總之現在也只能挺身而出。

怜站到前天才剛來過的大門前，做了一個深呼吸，然後微微拉開門縫，慢慢走進補習班——結果。

「是刑警先生吧？」

幸田的聲音突然響起，害怜嚇得差點跳起來。那道聲音是從隔板的另一邊傳來的。

怜戰戰兢兢地往那邊走過去。

——結果。

「光……彌。」

「連城先生……」

映入眼簾的，是坐在椅子上回頭看向這裡的光彌。他的手被扭到後面並用某樣東西綁住，然後，在他旁邊，幸田正不慌不忙地坐在桌子上。

幸田的手上握著刀，刀尖緊緊貼著光彌的後頸。當怜走進隔板後面的空間，幸田以優雅熟練的動作滑下桌子，靠到光彌身邊站著。

「來得比我想像中快呢，連城刑警？」

「……果然是你。」

怜抱著不敢置信的心情，凝視著這個笑咪咪地握著刀的男人。可是，在他細細理解眼前這一幕的期間，一股因對方而起的怒火熊熊燃燒了起來。

「就是你殺死了俊平和創也，以及……我老爸的吧。」

「沒錯喔，真虧你能發現。」

幸田突然瞇起眼睛，將沒拿刀的手放到光彌頭頂。光彌一臉不高興地皺起臉。

「這位三上弟弟上門來的時候，我真的大吃一驚呢。他沒有事先預約時間就闖了進來，發現這裡沒其他人，突然就開口說『人是你殺的嗎』喲？我真驚訝，真的很驚訝。可是，當他被我的電擊棒一擊電倒在地的時候，我又產生了另一種驚訝。因為他竟然沒帶武器就來了。」

「你殺了我也沒用。」

光彌用冰冷的聲音說道。明明自己的性命正受到威脅，他卻絲毫不為所懼。

「『我去幸田敏彥那裡。如果我沒有回來，希望你把他視為凶手』——我留了這段話之後才來這裡的。」

「可是，連城刑警是看了那個留言後，才來這裡的吧？」

幸田再次露出微笑。那是一個令人毛骨悚然的開朗笑容。

「這麼說來，只要我殺了你們兩個，再去連城刑警家湮滅那個留言不就好了嗎？」

「……這麼說也對。那樣一來，我會很傷腦筋的，請你現在立刻逃跑吧，連城先生。」

「說什麼傻話！」

聽到光彌那番出人意表的話，怜不禁大吼。

「我怎麼可能丟下你逃跑。」

「喂喂，麻煩你不要叫得那麼大聲好嗎。」

幸田刻意地轉動刀子使之折射出光芒來。

沒辦法了——怜死心放棄，改為拖延時間。他相信島崎看到簡訊後，肯定會趕過來。

「你就那麼……憎恨小孩子嗎？」

「你是那樣想的嗎？」

幸田用亮得發光的眼神看向怜，並且把刀子更用力地抵向光彌白皙的後頸。光彌一動也不動，只有皺著一張臉。那張表情透露出的不是恐懼，而是對幸田的厭惡。

「真遺憾，我可不是在胡亂玩弄小孩子的性命喔。如果不喜歡小朋友，是無法待在這間補習班——這間沒有名氣的私人補習班教導小朋友的。事實上，我對現在指導的每個小朋友，都灌注了同等的愛情。而我所謂的愛情，當然不是你們警察猜想的那種有著下流性欲的感情。」

「既然如此，那又是為什麼！為什麼你有辦法做出那麼殘忍的行為，奪走人們……奪走充滿未來的小孩子們的性命呢？這哪裡算愛情！」

「……因為有的學生資質不好。或者說，那些資質不好的人類，那些只會危害社會的人類，很遺憾地已經沒有矯正的空間了。」

「開什麼玩笑。你有什麼資格去衡量別人性命的輕重？」

幸田宛如看到眼前有個理解力很差的學生似的，焦躁地嘆了口氣。然後，他托了托方框眼鏡。

「就算我們討論的是正義，我的價值觀和當警察的你也不可能合得來……不然，我就用適合你們警察的簡單方式進行說明吧。」

對方用「你」這種第二人稱，讓怜聽了很不爽，但光彌被抓去當人質，所以他不能開口指責，以免刺激對方。怜咬緊牙關傾聽對方的言論。

「我成立這家補習班是在八年前。當時，就在我完全適應不了保險公司的業務員工作，身體快垮掉的時候，我的爸爸過世了，包含這塊土地在內的遺產全都成為我的東西。雖然不想說出口，不過我是那種唯一優點是在校成績很好的人，因此能想到的職業只有開補習班……我辭掉工作，盡自己所能開始學習創業和教育的事宜。」

見幸田突然開始說起自己的經歷，怜啞口無言。

為什麼自己得要去聽一個殺人凶手的甘苦談？這個疑問在他腦袋裡翻攪，但注意力卻還是不自覺被吸引過去。幸田的描述中，帶著一種以指導大家知識為業的人所獨有的說服力。

「可是，剛開始真是什麼都做不好。我做過親自把傳單投進大家信箱的空虛作業，還向市內的家家戶戶打電話，結果收到無數個『我家小孩已經上補習班了，不需要』的回應，而且大家講出的都是知名升學補習班，像是在諷刺我似的。結果演變成我要花一倍以上的功夫在自己討厭得要死的推銷工作上。」

怜一邊聽著幸田的話，一邊把視線從他轉移到光彌身上。光彌仍舊完全面無表情。

「就在我每天都咒罵自己辭掉工作實在愚蠢的時候，有小孩子敲開了我的補習班大門。那孩子看到了我放在信箱的傳單，沒有預約就直接被母親帶過來了……那是一個名叫未來的男孩子，當時讀小學四年級。」

幸田的眼睛忽然溫柔地瞇起來。他那溫和至極的模樣，讓怜覺得很驚悚。

「未來的媽媽準備讓他去參加國中招考，因此希望他去上知名升學補習班。可是，據說未來看完我的傳單後，下定決心說『我不想上補習班，但如果選這家我就來上』。未來母親的言外之意暗示我先讓他兒子在這裡上課，然後再說服他轉到其他補習班，可是我忽然就燃起鬥志了。畢竟那可是我的第一個學生，我怎麼可能不高興，而且對方還說想去參加國中招考，我拚著一口氣也要讓他考上。」

「……然後？」

光彌用冷冰冰的聲音催促幸田繼續說下去，他那輕蔑的態度讓怜很擔憂。

「未來是一個很優秀的孩子，不但很聽話，而且一旦開始專心做某件事就不會放棄。就算是他不拿手的算數，也不會喊著我受不了了然後中途放棄。當想去理解、去學會一件事時，他的意志都很堅定……把他當成標準的我，發現後來進補習班的孩子們都太容易半途而廢時，反而失去了信心。」

「所以你就把容易放棄的小孩一一殺了嗎？」

「別說了！」

怜激烈地喝斥光彌刺激殺人凶手的行為，但幸田只是勾了勾嘴角而已。

「別人講話要聽到最後才能有所收穫喲……我不是說了嗎？我喜歡小孩子，不會因為他們稍微容易半途而廢，就拋棄了他們。另外，稍微有點愛講話而干擾到其他孩子的注意力的學生，我也會帶著愛罵他們。那些真正資質不好的人，都是已經超越這個程度了。」

就在這時候，幸田的眼中出現了殘暴的目光。

「在開始指導未來之後，我仍然為了招生四處奔走。雖然學生慢慢一個、兩個地增加了，但以一家補習班來說還是入不敷出。而能安撫我那充滿挫敗感的心靈的，就是我的學生們——一對一指導他們課業的時間，對我而言無疑是一段恬靜安穩的時光。雖然有些孩子半途就離開了，但未來很信任我，一直待在這裡當我的學生……直到他進入補習班的第三年，也就是升上六年級的時候，在放學回家途中從橋上掉下去摔死了。」

「什麼？」

怜不禁發出走調的叫聲。然後，土門的話掠過他的腦海。

——在發生俊平的第一起事件的半年前——大概是四月吧，同一所國小裡才剛發生過兒童死亡意外。有個學童在放學途中誤從橋上摔到河裡，雖然不是人為犯罪……

原來那是幸田的學生嗎？

「未來的死帶給我的打擊，在這裡用三言兩語是說不完的……因為他的死亡，我才驚覺到他的存在在我心底是如此地重要。我再也不想體會到那種失去的痛苦了。」

未來是幸田兩年來一直在旁邊守護他成長的特別學生。

他的死亡帶給幸田的衝擊肯定非常大。

「然後，在過了將近半年後的九月……在我的補習班上課的遠野俊平對自己的罪行進行了告解。」

「難、難不成……」

怜想吞口水，可是嘴巴裡卻乾得不行。他動了動嘴巴，想辦法擠出話來。

「你殺死的俊平……與未來的死有關嗎？」

「正是如此。」

幸田宛如在打拍子似的，用刀腹敲打光彌的後頸。

「雖然我用了告解兩個字，但根本一點都不神聖。俊平他非但不覺得慚愧畏懼，反而還對自己犯下的罪過感到自豪。」

「……是俊平把未來推下橋的嗎？」

光彌用更具體的形式，把怜方才的問題再重問一遍。

「不是。如果是他動的手，他應該會想隱瞞自己的罪行吧……那一天晚上，他要離開這間補習班回家時，在馬路上玩鬧。他爬到補習班前面的欄杆上和別人嬉戲打鬧，附近還有其他幾個男孩子，但當我一出去，大家就連忙跑回家了。可是，遠野俊平是個不服輸的孩子，我對唯一留在現場的他進行嚴厲的斥責，他卻一點都不在意。然後，他對我說『我才不會像那傢伙一樣掉下去』。」

「這——也就是說……」

怜吃驚地反問，結果幸田語帶輕蔑地說「沒錯」。

「是他唆使未來的，用一種試膽比賽的方式。他們兩人住得很近，上下學排在同一個路隊裡。遠野俊平當時正好在未來死掉的地方，然後，他爬到那座橋的欄杆上走路，並挑釁未來，要他也爬上去走一走。」

「可是那是一場意外……」

「是啊，但我就是不由自主一直想到未來。因為他是個很溫馴的孩子，才不會參加那種愚蠢的遊戲……」

幸田再次用刀子敲打光彌的後頸。

「我相信他肯定是被脅迫的。我把遠野俊平帶回補習班裡盤問，我問他為什麼要做那麼危險的行為，為什麼到今天之前都沒告訴任何人這件事。」

幸田眼中閃著殘暴的光芒，怜覺得有一股寒意爬上背脊。

「結果他竟然說『因為人又不是我殺的』。」

怜頓時語塞。

沒錯，如果觀察小孩子的世界，偶爾會看到這樣的現象。自己有沒有直接行使暴力，是他們唯一的道德判斷基準——很多小孩子都這樣。

「等回過神來時，我已經當場痛揍了他……說來丟臉，這就是所謂的衝動犯罪。他雖然還沒死，但我已經下定決心了，下定了殺死他的決心。」

幸田從喉嚨裡發出了走調的笑聲。

「……我把他關在裡面的教室，把腳踏車丟到公園去。如果遠野俊平從補習班正常下課回家的時間和殺人時間太接近的話，對我很不利，於是我特地把殺他的時間往後延。我先假裝去幫忙他們父母，佯裝出一副四處尋找遠野的模樣，接著深夜回到家之後才把人殺了——然後棄屍。」

幸田很流利地講出這番話，怜咬緊牙關忍住怒吼。

看著這男人滿臉自豪地講述自己悖離人道的行為，同時又誇口說自己很喜歡小孩子，怜實在忍耐不下去。他真想立刻海扁對方一頓，如果不是光彌被抓去當人質，他早就動手了。

「第二個被殺死的小孩……是叫什麼來著，葉澤小妹妹嗎？她的命案是由殺死遠野俊平的凶手所為——看到新聞報導這麼寫，我很吃驚呢，畢竟我沒有殺她的印象，而且新聞報導並沒有說，凶刀是被人從遠野俊平的屍體上拔走的。不過，當我看到新聞說兩起命案所使用的凶器一樣時，我就大概揣測出來了。」

「……然後，你的不在場證明也湊巧成立了是嗎？真是幸運呢。」

光彌又再次添加不必要的評論。拜託你別再說了！怜心急如焚地看著他，但幸田似乎完全陶醉在自己的陳述裡，光彌的話徹底被當成了耳邊風。

「沒錯，我的運氣真的很好。可是，最大的厄運後來就降臨了，竟然有小孩子發現我犯下的罪行。看他那麼聰明，讓我真的很驚訝呢。」

怜覺得光彌的瞳孔好像稍微擴大了。

幸田所講的，正是空谷創也。

「他很聰明，而且……又很愚蠢。竟然來找我直接對決，真是笑破我的肚皮了。真不愧是你弟弟！」

幸田的喉嚨發出壓抑的笑聲，刀腹更加用力地拍打光彌的後頸。

「創也在那個晚上——就是我殺死遠野俊平的晚上，正是留在補習班前面玩耍的小朋友之一。他看到了我跟遠野兩個人獨處的場景……不過他為了拿玩耍時丟在停車場的毛巾而折返時，就是他厄運降臨的時候。當他和我私下當面對質時，對我說……他在那時候看到了我和遠野兩人走回補習班的場景，還說這件事一直掛在他心上。」

一提到弟弟，光彌的撲克臉立刻坍塌。他抬頭看向幸田的眼中，燃起了憎恨的火焰。

「其實我一直覺得他是個危險的孩子，不管是在遠野的事情之前還是之後，而且就連發現教室地毯顏色變了的人也是他。我已經換掉被血弄髒的那條了……沒想到過了三個月之後他竟然會發現一切真相，這一點應該沒人料想得到吧？」

「……我可以問一個問題嗎？」

光彌拚命壓抑住氣得發抖的自己，用心痛的語氣率先開口問。

「為什麼創也會發現你的罪行呢？如果他只是把那些線索結合起來。應該在九月的時候馬上就……」

「啊，都是因為暖爐害的。」

幸田陰森一笑，格外仔細地進行解說。

「我是在那裡面的——就是現在門半開的——那間教室殺死遠野的……到了冬天我把暖爐搬出來用的時候，電線插頭稍微跑到地毯下面……都怪愚蠢的創也把地毯掀了起來。來找我對質的前一晚，據說他的鉛筆掉到地上。然後，他察覺到木質地板的顏色被漂白劑弄淺了，以及用了一堆漂白劑也無法徹底擦乾淨、已經鑽進磁磚縫隙深處的血液顏色。」

怜稍微反芻了下，才終於理解幸田的話中涵義。

也就是說，當幸田殺死俊平的時候，鮮血滲到了地毯下面——縱使他更換地毯，並試著用藥劑清洗，也沒有把血跡完全清理掉。

「於是，創也勇敢地思考了一整晚後，歸納出我是凶手的結論。然後，他就來試著說服我承認。哎呀，真是一個勇敢的故事呢。」

「……結果，你就殺人滅口了嗎？」

光彌聲音裡的顫抖已經大到隱藏不住。

「你為了封口，把創也殺死了。」

「封口嗎，也是有這層因素在，不過他很崇拜遠野，這一點讓我無法忍受。創也對我說『俊平同學明明是那麼棒的人』，做出誇讚他人品的發言，這讓我無法忍受。」

「我無法理解。」

怜開口說道。雖然明白這是罔顧光彌性命的危險發言，但他克制不住嘴巴。

「就因為他作出仰慕高一年級的學生的發言，你就殺死他？殺死一個指出自己罪行的孩子？我真的完全無法理解耶。」

「連城先生，你不可以回應他。」

光彌打斷怜的話。他用激動的語氣喋喋不休地說。

「反正這個人只會為自己殺人滅口的舉動，貼上一個狡猾的藉口。他害怕自己的罪行曝光，可是又沒膽量再殺一次人，就攻擊創也並把人關起來。後來被你爸爸查出蹤跡，恐慌之下就把他們兩個人全殺了。」

「真遺憾你是用恐慌形容。」

幸田插嘴說道。怜發現他的語調中有一絲焦躁——可以感受到他失去了從容。

「我是特地把那個刑警引誘過來殺掉的喲？因為他想利用話術套我的話。」

幸田左右搖頭，似乎想起了當時的情況。

「他單槍匹馬跑到我面前，問了我一大堆令人作嘔的問題。可是我真的萬萬沒想到……他會提到未來的事。」

「咦……」

怜不由自主開了口。幸田聳了聳肩。

「他只是歪打正著罷了。調查完我的身家資料後，那個刑警大概是偶然注意到『學期剛開始就意外死掉的小孩子也有上這家補習班』，所以猜想這中間或許有什麼關聯吧。突然被問到未來的事，讓我驚慌失措了起來，我也明白自己後來的對答反應很奇怪……我直覺知道自己的罪行曝光了。」

說到這裡，幸田臉上再次露出扭曲的笑容。

「我把他趕走後立刻上了車，想要前往監禁創也的地方。可是，當我看到出現在後照鏡裡的汽車時，腦中浮現了一個很棒的靈感，就是把這個警察也幹掉就行了。我知道緊跟在我身後的那輛車上坐著連城忍作，所以，我故意把他引過來，不讓他有時間聯絡同伙，一路去到那間廢棄工廠附近。總之，如果他有與其他刑警聯絡，那就算我失敗了……我在明白這一點之下，決定碰運氣賭賭看，於是直接走進了廢棄工廠。

「結果，那傢伙徹底上鉤了。他用毫無技巧可言的跟蹤方式跟著我走進去……跟蹤單純開車外出的我，明顯是過當的調查行為，所以我馬上明白這是他個人獨斷行為，也知道他應該沒有把自己目前的行動告知同伙。於是我衝進廢棄工廠，等那傢伙一點防備都沒有地靠過來時……直接走出去迎接他，然後用電擊棒把人電暈。」

聽到老爸被殺害的前後經緯，伶覺得有一股難以忍受的情緒在胸口蔓延開來。

幸田所講述的這一段過往裡，老爸可以在某個時間點做出不一樣的抉擇吧？如果做了不同的抉擇，便能逮到幸田，然後老爸和創也也都用不著喪命了吧？伶開始胡思亂想這些沒意義的事。

「現在，六年前的故事又要重演了，愚蠢的少年和愚蠢的刑警就要死了。」

幸田高聲宣布。聞言，光彌輕蔑地冷哼了一聲。

「真是蠢到爆，我都要被逗笑了。結果你也就這麼點程度而已。」

「……嗯？」

幸田把刀子舉到光彌的鼻尖，要他搞清楚自己的立場，但光彌不為所動。

「你說喜歡小孩子根本是天大的謊言！就因為關係較深的心愛學生死亡，你就殺死其他小孩子進行復仇，根本沒有好好進行教導……而且光這樣你還不滿足，為了保護自己，不惜殺死無辜的創也和刑警。明明是個自私自利的人渣，虧你還好意思談論教育。」

「……你太愛耍嘴皮子了。對長輩說話時要禮貌一點！」

幸田大喝一聲，並揮了下刀子。刀子在半空中發出劃破空氣的聲音，光彌衣服的肩膀部分被割開來。

「長輩……？把殺人凶手當長輩嗎？啊，原來如此，你之所以殺掉遠野，基本思維是因為他是個傲慢自大的少年，對吧？未來只是一個藉口——」

「給我閉嘴，臭小子！你根本什麼都不懂……你根本不知道我是抱著怎樣的心情！給我閉嘴！」

「我一點都不想知道殺了三個人的凶手心情！」

光彌搖晃椅子並且放聲大吼，幸田將刀子高高舉起，準備這次要毫不留情地刺穿光彌的胸口——

「光彌！」

就在怜想要衝過去的那一瞬間。

尖銳的爆裂聲響起。

幸田拿在手上的刀子被打飛，撞到牆壁後掉到地上，幸田本身則一臉痛苦地摀住右手。怜迅雷不及掩耳地朝他衝過去，將掙扎不休的幸田雙手往上反扭，然後才轉頭看向發出聲音的地方。

島崎舉著冒出硝煙的槍站在那裡。不知為何她是站在玄關對面開了一條細縫的教室門後。

「島崎警部補……！」

「快點銬上手銬！連城巡查部長！」

「啊，是。」

怜單手壓制住幸田的手臂，同時拿出懷中的手銬緊緊銬住對方雙手。尖銳冰冷的金屬聲響起。

「十一點二十六分三十五秒，逮捕嫌犯。」

島崎一邊看手錶一邊低聲說道。怜扶著光彌協助他站起來，同時看向島崎。

「島崎警部補，謝謝您趕過來。」

「因為我看到了你傳來的簡訊。」

「……寫得那麼簡潔真是失禮了。為了不重蹈老爸的覆轍……我拚命思考各種辦法。」

島崎只是點點頭，什麼都沒說。然後，她短促地嘆了口氣，放鬆緊繃的身體。

「我走到玄關前面時，聽到你態度緊繃地和凶手爭吵，便推測對方應該抓了人質。於是我偷偷繞到後面去，發現教室的窗戶是開的，便從那裡進來了。真是僥倖。」

然後，島崎探頭看向光彌。

「有受傷嗎？」

「……沒有。」

「花了這麼久的時間，真的很抱歉。我們終於抓到凶手了——空谷光彌。」

光彌用瞳孔發顫的眼神緊盯著島崎。

「妳一直記得我嗎，島崎刑警？」

「我不會忘記所有在辦案時遇到的人。」

怜不發一語，一面抓起像人偶般無力垂下兩手的幸田，一面朝光彌露出笑容。

「這次多虧你了。」

光彌震驚地瞪大眼睛，然後垂下視線點點頭。

10

幸田由島崎與趕來支援的縣警刑警們帶走了。

為了進行偵訊，怜把光彌帶往恩海警局。

「可是，有件事我實在想不透。」

當紅綠燈轉為紅燈時，怜斜眼看向坐在副駕駛座的光彌，同時開口問道。

「創也留下來的那個死前留言究竟是什麼意思？我怎樣都無法把幸田先生與那個符號連繫起來。」

光彌露出帶著孤寂的淡淡笑容回答他。

「連城先生先前不是有說過嗎，因為創也的手被綁住了，所以不知道他是從哪個角度畫出來的……那個符號先轉動四十五度再看才是正確的。放在0上面的圖案不是X，而是類似漢字數字十的符號。」

「我還是不懂。為什麼它會代表幸田先生？」

這個問題的答案，很讓怜感到意外。

「那是一種演奏記號。」

「咦，什麼？」

「它是被稱為 To Coda 的記號。照著樂譜彈奏時，遇到反始記號 Da Capo 後，據說要從頭再演奏一次……但不是相同小節全部都要演奏，有時樂譜中途會有 To Coda 記號，遇到它的話就要跳到標記 Coda 的小節進行演奏。」

「原來如此。Coda……意思是叫我們聯想到『幸田（Kouda）』嗎？如果是學過鋼琴的創也，應該很容易就能想到吧。」

「嗯。創也之所以留下這麼迂迴的留言，是怕被幸田發現然後銷毀。而刑警之所以聚集一大票人也解讀不了，則是因為帶了先入為主的觀念，認為小朋友留下來的東西應該不會很複雜，對吧？」

聽到如此嚴厲的評論，怜苦笑著聳了聳肩。

紅燈變成了綠燈。

「我們確實有那樣的觀念，而且有學鋼琴的刑警也很少……」

「還有，記號被簡化了也是原因之一。那個記號上的十字的四個尖端，其實原本應該各有一條呈直角的鑲邊線——很難懂嗎？總之，請去網路上搜尋它的圖片吧——因為那個部分被省略了，所以很難馬上聯想到 Coda。」

「在雙手被綁在身後的狀態下，創也很難畫得那麼細緻吧——更別提他用的是釘子。真虧你能發現。」

「昨天和連城先生談到『符號』的話題時，我偶然間想到的。我隱約覺得眼熟，便去查了下樂理，結果很好運地找到了……可是，創也真的抱著這種想法嗎，現在也無法求證了。」

以這句話為開端，沉默在兩人之間蔓延開來。

帶著一絲冷清的街景從窗外滑過。

「以後別再那樣亂來了。」

怜一開口，原本看著窗外的光彌立刻偷偷瞄了他一眼。

「什麼亂來……」

「單槍匹馬跑去找殺人凶手，太亂來了。」

「……以後，我也沒那麼做的理由了。」

說的沒錯。

怜找不到還有什麼話能說。

於是，兩人沉默坐在這輛回警局的車上。

11

從那天之後，怜再也沒見過光彌。

怜被分派去專心編寫大幅偏離這起凶案主題的文件資料。簡而言之，由於他與本案的「牽扯」太深，所以沒被分配製作相關人士的筆錄或去現場採集證據之類的工作。

轉眼間一個星期過去了，兩個星期過去了。

當證據備齊，開始準備進行訴訟後，警察的任務暫且就算告一個段落了。不過，由於這次是終於逮捕到六年前犯下殘忍命案的凶手，所以情況有點不太一樣。以現行犯名義逮捕了幸田敏彥後過了二十天，恩海警局的調查人員仍繼續執行勤務。

——話雖如此，但警察必須立刻著手處理的工作，每一天都不斷在更新，所以「恩海市連環殺童案」調查工作的人員數量還是一點一滴慢慢減少了。

然後，就在時間剛好過去整整一個月的那天，怜卸下了編寫文件的工作，睽違一個月的休假也同時到來。

他一覺睡到接近正中午，但從過往經驗中得知繼續睡下去的話晚上會睡不著，間接影響到隔天，所以還是努力撐起沉重的身體，走到洗手臺去。

怜看向鏡子，鏡中映照出一張很狼狽的臉龐。

臉上長著稀疏凌亂的鬍子，眼睛下面掛著兩個黑眼圈，皮膚乾燥粗糙。

怜只刮完鬍子就走到一樓，坐到客廳的沙發上，但整個人被一股強烈的倦怠感所包圍，什麼事都做不了。

維持這個情況大概一分鐘後。

驀地，身後——廚房方向傳來了聲響，讓他不由自主回過頭去。可是理所當然的，那裡沒有半個人在。怜走到廚房去，發現好像是冰箱上用磁鐵固定住的紙條掉了。

定眼一瞧，那是光彌留下的菜單。上面用小巧漂亮的文字，寫了「湯請加熱五分鐘」和「白飯有事先多冷凍了一些」等等的注意事項。

怜閉上眼回想過去這段日子。

自己與光彌交談的每一句話，包括自己對他說過的話，以及他對自己說過的話。

他原本就是為了工作來到這裡，今後，自己也將單純以一個「委託人」的身分找他過來。

——可是。

他們交談過的每一句話都不是謊言。

並非所有建構起的關係，都能轉換成金錢。
也許這種念頭是倒錯的，也許對方覺得這種念頭只會帶給他困擾。
但即使如此……

怜拿起了手機。

＊＊＊

門鈴聲響起。
怜走向玄關，打開老舊的拉門。
「我是您來電預約的家事服務公司〈MELODY〉的人員。」
穿著白色襯衫與黑色褲子的美青年就站在門外。
「今天也拜託你囉。」
怜爽朗地打招呼，光彌卻微微嘟起嘴滿臉不服氣，然後抬腳跨過拉門門檻。
「……為什麼？」
「咦，什麼為什麼？」
怜朝光彌露出笑容，光彌回視他並聳聳肩，同時臉上浮現了靦腆的笑。
「算了，無所謂。」

光彌張口說了這麼一句話。

不是以「家政夫」的身分，而是以「三上光彌」的身分而說——伶是這樣想的。

「請問要從哪裡開始打掃呢？」

「這個嘛，首先先從……」

秋天的午後陽光不斷湧向兩人所在的玄關大門。

在夏天仍慢騰騰地原地踏步、冬天卻已坐立不安地等待出場的十月，夾雜夏冬氣息的風吹進了屋子裡。

——《家政夫是名偵探！1》完

後記

非常感謝大家閱讀這本書。

本書是描述家政夫與刑警心靈間的聯繫，以及他們挑戰充滿謎團的案件的連續短篇集。

從我腦中閃過的「好想寫寫當家政夫的男生」的靈感，是這一切創作的開端。因為我自己對推理故事以外的領域完全不熟，所以就讓他擔任推理故事裡的偵探角色吧。既然如此，不如讓他當刑警家的家政夫吧，可是很難想像現代日本的刑警會聘用家政夫，如果改用家事服務公司會比較好嗎……我做了一串諸如此類的聯想後，最終催生出光彌這個角色。

而另一位主角熱血刑警怜，則是朝與酷酷的光彌完全相反的個性去塑造。看來，我自己很喜歡這種個性呈正反兩極，類似「太陽與月亮」的雙人拍檔呢。因為我覺得，縱使對外個性截然不同，但雙方就是莫名合得來，還能形成一種互補關係的感覺實在太棒了。

或許是因為我像這樣在故事裡塞滿了個人喜好，等寫完之後，才驚覺光彌和怜的故事，與我在Fan文庫這裡首次出版的作品《懶散偵探～麻煩的事件敬謝不敏～》中登場的高中生偵探及刑警搭檔，有不少共通點。就某個角度來說，本書或許可以當成《懶散偵探》的姐妹作。

倘若各位有興趣，請務必也去看看《懶散偵探》。

前面都是以角色導向型小說的角度來說這本書，不過，案情推理的部分我也沒偷工減料，竭盡全力努力朝具有自我風格的「推理小說」邁進，希望大家也能好好品味這個部分。

順便一提，在第二章出現的「飄散香氣的殺人凶手」謎團，是我稍微仿效艾勒里・昆恩以其他筆名寫出的歷史性名著，不知道有讓各位讀者感受到嗎……？

那麼，最後是感謝時間。

衷心感謝一直為寫作很慢的我提供激勵和建議的責任編輯山田、定家，畫出美麗插圖的スオウ老師，以及參與本書製作的其他所有人員和閱讀本書的您。

希望未來能有機會再與大家見面。

二〇一八年十一月　楠谷佑

高寶書版集團
gobooks.com.tw

LN007

家政夫是名偵探！

家政夫くんは名探偵！

作　　者　楠谷佑
繪　　者　スオウ
譯　　者　蕭嘉慧
編　　輯　薛怡冠
美術設計　陳思羽
排　　版　彭立瑋
版　　權　張莎凌
企　　劃　方慧娟

發 行 人　朱凱蕾
出　　版　英屬維京群島商高寶國際有限公司台灣分公司
　　　　　Global Group Holdings, Ltd.
地　　址　臺北市內湖區洲子街88號3樓
網　　址　www.gobooks.com.tw
電　　話　(02) 27992788
電　　郵　readers@gobooks.com.tw（讀者服務部）
傳　　真　出版部　(02) 27990909　行銷部 (02) 27993088
郵政劃撥　50404557
戶　　名　三日月書版股份有限公司
發　　行　三日月書版股份有限公司 / Printed in Taiwan
初版日期　2022年9月

装　幀　前田麻衣+ベイブリッジ・スタジオ
格　式　ベイブリッジ・スタジオ
DTP　富宗治
校　正　株式会社鷗来堂
印刷・製本　中央精版印刷株式会社

國家圖書館出版品預行編目(CIP)資料

家政夫是名偵探！/ 楠谷佑著；蕭嘉慧譯.– 初版. –
臺北市：英屬維京群島商高寶國際有限公司臺灣分公司出版：三日月書版股份有限公司發行, 2022.09-
冊；　公分. –

譯自：家政夫くんは名探偵！

ISBN 978-986-0774-99-3(第1冊：平裝)

861.57　　111006012

三日月書版

三日月書版

GOBOOKS
& SITAK
GROUP©

GOBOOKS
& SITAK
GROUP©